六色羽、倪小恩、安塔Anta　合著

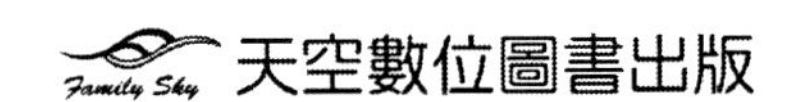

天空數位圖書出版

六色羽

流星之心/07

目錄
倪小恩

目錄

安塔Anta

流星之心

文：六色羽

1. 畢業將至……

「你不一定要很厲害，才能開始；但你要開始，才能很厲害。」

3D列印公司的總裁嘴角揚起好看的微笑，站在燈光明媚的會議廳前向同學們侃侃而談:「無志者常立志，有志者立常志，咬定一個目標的人最容易成功，而且越早訂下目標越好。

劉星妃兩眼炯炯的盯著那俊俏亮麗的女總裁，一身俐落的西裝，使她顯得更加幹練，她也好想成為總裁啊！

前天校外教學參觀的場景，一直縈繞在劉星妃的心頭揮之不去，懵懵懂懂中，沒想到自己竟已來到了國三要面對畢業了！

她死死地尬了一道冷筍！

想起昨天媽媽才在國小畢業典禮上，一把眼淚一把鼻涕的為她獻上一束鮮花；之後又馬不停蹄的幫她辦理國中入學手續,緊接著是採買制服和書包等用品。

到國中校園選購制服那天，媽媽逼著她在學校走廊試穿每件上衣，一陣手忙腳亂脫下來的塑膠袋被風吹得漫天飛舞，妹妹連忙追了去，劉星妃卻只是在一旁冷笑妹妹童心未泯，果然還是國小生。

妹妹生氣的停下來罵人:「流星飛，妳不來幫忙還站在那裡傻笑什麼？不合身的是不用塑膠袋包一包還人家膩？」

劉星妃嘖了一聲，才不甘不願的加入妹妹行列，結果玩得比妹妹還瘋。

媽媽面色凝重的緊抓著鼓鼓荷包，似在掂量它的重量，全部買齊後，她的荷包已瘦得可以塞進外套的口袋裡，但手上沉重的開學用品，卻是女兒踏上另一階段的期盼。

國一終於緊鑼密鼓的開學了，劉星妃卻還一直活在國小，無法適應排山倒海的課業壓力，從第一學期到學期末，都醉生夢死的看著同學補習努力；國二後也還沒完全進入狀況，能躺平時絕不站著受累、能睡覺絕對也不浪費機會，悠哉悠哉的繼續看著焦頭爛額補習的同學；轉眼很快就來到了國三，大家開始準備畢業的浪潮才終於把她自夢中打醒！

「我的成績絕對可以上一中，我將來想要考師大或政大，去當老師或從政。」

「我的身材這麼好，我要考空姐，只要加強英文再去考檢定，一定能順利當上的。」

「我想當廚師，我最喜歡美食了。」

「我要當護士。」

「妳上次不是說要去學美容美髮？」

劉星妃被閃閃發光的期望給圍攻，她卻在這些光芒中顯得無所適從的格格不入。

「喂，劉星妃，妳畢業後要讀哪間學校？」

「喂，劉星妃，妳以後打算做什麼？」

「妳不會是打算一畢業就嫁人，在後宮當貴妃就好吧？」

一陣哄堂大笑……

兩道旋渦在劉星妃的眼中打轉，她被問得好茫然好慌亂，為什麼他們都知道自己想要做什麼啊？不會是從國一就開始準備了吧？要準備怎麼不早點一起商量？

怎麼辦？每次同學們提到未來的志向時，她都掌心冒汗！

劉星妃邊走邊低著頭沉思，她不但完全不知道自己將來想要做什麼？最主要的是，她的成績好爛啊！她能考上哪間學校呢？

她奇怪的勾起嘴角想，當貴妃有什麼不好？起碼有人養不是？

一道慘烈的剎車聲幾乎要將校門給震垮，大家駭然的看向一輛失控衝向劉星妃的雙 B 轎車，她瞬間被撞倒在車前！

嘩然尖叫聲四起，郝文晨和他哥連忙下車，驚慌的瞪著倒在地上的劉星妃，她竟慢慢的站了起來，郝文晨畏怯的向後退了一步，她反而顛顛簸簸又向前走了幾步路後，眼前再次一陣黑才萎靡於地。

一溫暖的胸膛自她身後接住了她。

2. 返校日

一個月後。

因為車禍造成的腦震盪，被關在醫院整整一個月的劉星妃，在還沒瘋之前，終於出院了，她踏著輕鬆愉快的步伐去上學。

「電線桿早、水溝早、鳥兒太陽你們都好……同學們大家早！」劉星妃好有精神又開心的向好久不見的大家打招呼，但迎來的，卻是一股凝重緊張的氛圍，早自習大家都已開始埋頭寫考卷，沒有一個人有空抬頭理會劉星妃。

劉星妃也楞在自己的書桌前。作業、考卷和講議習作在桌上堆積如山，她整個好心情瞬間沉入地獄。

「劉星妃，終於回來了，可要收心了蛤。」

她向後跳了一步，如壁貼的級任董老師突然開口對她說話！

怎麼存在感還是那麼低啊，老師？

「發什麼楞啊？快點坐好寫考卷了，妳從數學第一回的考卷先寫，大家都已經在考第三回了，妳可要加油。」董老師自她桌面最下方抽出第一回放到她面前。

整理好桌面坐下，壓力如山大的跟著壓下，她拿起考卷兩眼開始長旋渦，頭也跟著昏了起來。

快點向 NASA 求救，我看不懂啦！不會啦！這根本就是外星人要攻擊地球的暗號。

劉星妃連一題都沒寫，就整個腦袋趴在桌上昏昏欲睡。

「劉星……妃……」董老師本來要把她硬生生叫醒，但想想她才剛出院也就作罷，破例縱容她一次，但沒想到她一路從早自習睡到快晚自習，只有午休吃飯時間精力最旺盛。

「劉星妃，老師上課都在唱安眠曲給妳聽厚？」

「老師教的內容效果比較好，安眠曲有時我還睡不著哩。」

「妳還敢頂嘴？」

劉星妃被罵得脖子縮了起來。

「妳到底要睡到什麼時候蛤？四月就要會考了妳

還整天醉生夢死，妳的病已經痊癒了，不要再為自己找藉口了好嗎？已經落後太多太多了……」

董老師老師隱忍了一整天對她的擔心開始飆罵，劉星妃無耐的低頭看著自己的腳，不知道老師何時才會停止？

「算了……」董老師氣呼呼的發現她似乎一句也沒聽進去：「妳明天晚上放學後，開始留下來，老師幫妳補習。」

「蛤！」劉星妃似乎終於醒了，兩眼瞪得老大：「老師，那樣實在是太麻煩您了，我看還是不用了吧？」

「什麼不用？」董老師怒了：「妳再不追上，學校會自己從天上掉下來給妳讀嗎？」

「但是……」她為難的開不了口，因為他們家沒有多餘的經濟可以讓她補習。

3．教與不教都折磨

「免費的，妳只要好好讀就是了。」

劉星妃眼睛驀地睜得老大，沒想到跟了快三年的老師原來有讀心術還這麼有義氣，她目眶竟濕了起來！

「去去去⋯⋯」董老師趁她欲掉不掉的淚還未落下前趕忙把她給打發走，面對小女生的眼淚，他這個大男人還是會手足無措。董老師轉過頭把剛放完作業還沒走的班長朱世豪叫了過來。

朱世豪和劉星妃擦肩而過，兩人目光短暫的交匯後連忙掉開。他們同窗了三年卻很少說話，她一直覺得他學識淵博但也自視甚高，像一個正經八百又沉默寡言的老灰啊！

踏著夕陽，放學的輕鬆氛圍還是很令她愉快的。操場上,只剩下體育班的吆喝聲雄壯威武的響徹雲霄，大家早已鳥獸散的往補習班飛奔趕去，學生比任何大人都還要超時辛苦才能迎來美好的「錢」程。

國一國二時，劉星妃對同學們下課後都還要去補習一事很不以為意，沒想到，現在卻為那現象感到惶惶與不安！

手機突然傳來訊息：

媽今晚會早點下班，我再回家煮給妳吃，妹妹今晚有補習對吧？

對。我煮就好，反正……我沒事。

媽停頓了好一會兒才回傳。

妳要不要也去補習啊？都國三了？

劉星妃沒想到媽媽會這樣問她，她以為媽也不希望她升學！她本來就計劃國中畢業後就去讀夜校半工半讀幫忙維持家計，讓頭腦比較好的妹妹繼續往上讀。

我去補習，那妹妹的補習費要怎麼辦？

她知道媽媽根本負擔不起兩人的補習費。

錢的事，媽媽會想辦法啦！

劉星妃知道媽媽的想辦法就是根本沒辦法。

媽，明天學校老師要我放學後留下來，他要幫我補習。

免費的。

媽傳了一個即驚訝又感激的貼圖，說得打個電話給老師道謝。

看到媽那麼高興劉星妃也很訝異，她一直以為媽也不希望她繼續升學，現在她竟也突然期待起明日放學後的補習，她也要跟大家一樣，開始有目標並往前衝了嗎？

＊＊＊

補習補習……

面對自己放學後終於有去處，劉星妃心情好不愉快的前往老師指定的圖書館討論室。要進去前，她卻訝然止步於討論室前的走廊上，朱世豪就站在門口！

他怎麼會在這裡？莫非他也要輔導嗎？

怎麼可能，那個傢伙像長了五六顆腦袋一樣的厲害，怎麼可能需要輔導？應該是來借書的，假文青。

她視若無睹的越過他走進討論室，綁成兩邊的長髮竟被赫然一把抓住，劉星妃又驚又痛的向後退到朱世豪的面前。

她怒不可遏的對他罵道：「幹嘛拉我頭髮？」

「年紀一大把了還綁兩支裝什麼可愛？」

「關你什麼事啊？我跟你很熟嗎？」

他不但沒放手，反而把她的辮子越拉越高，她氣得爪子抓向他的臉：「人家小丑女還不是綁這樣，放開我！你個白痴！」這個人平常那麼高冷，今天是吃錯藥了嗎？

「哼哼……小丑女？」朱世豪閃開她的爪子，露出一盟皓齒冷笑，放開她後逕自走進討論室。

「喂……」她訝異的望著他也走進去的背影，這個人跑進去要幹嘛？「你……」

「還不坐好你什麼你？」他瞄了一眼手機的時間：「我可沒空跟妳耗那麼久，兩個小時後我還要去家教。」

「你到底在說什麼？你在當家教？」這個傢伙不但沒補習,還有在打工,卻還是每次都拿全校前幾名！劉星妃有些欲哭無淚，老天爺怎麼那麼不公平？

「老師不是叫妳來這兒輔導？妳還杵在那幹嘛？」

「你要幫我輔導？」

「不然還有鬼想幫妳嗎？」

「老師呢？」

「回去顧小孩餵奶了，妳是不知道他老婆剛生完貝比嗎？」

劉星妃傻眼又一頭霧水！她期待既專業又享有特權般的課後輔導呢？難怪老師說免費的，但叫這個傢伙來也太敷衍了事了吧？

「今天先從一年級的數學開始，我要看看妳的程度在哪？」他還很用心的帶了一年級的課本，還有一張一年級的考卷:「先做前面基本型的題目,十五分鐘內完成。」

「蛤？」看著一道道數學題目，劉星妃又開始頭暈了,「誰還會記得一年級的東西？」

「我看妳不是不記得，是從一開始就沒記過吧？快點動一下妳那生鏽豬腦袋行嗎？」

劉星妃鼓起兩腮瞪了他一眼後，不甘不願的問：「老師明天會來幫我嗎？」

「不知道，妳以為明天他兒子就不用喝奶換尿布了嗎？」

「哧～」劉星妃氣的翻白眼！大人都這樣，做不到的事，又要答應人家。她雖然很失望，但也只能埋頭做題目，只是每一題，她都雙拳緊握像得了便祕一樣答不出來。

「小姐，這些都只是一元一次方程式而已，妳居然都不會，把未知數整理在左邊，已知數放在右邊……」朱世豪蹙眉睨著她又教又唸，她到底是怎麼混到三年級的蛤？

劉星妃卻盯著他的眉毛，還真的有人的眉毛像蠟筆小新那樣的濃；身高應該有 180 吧？肌肉看起來也很結實，若是沒仔細觀察過他，還真看不出他挺好看的。

「妳到底有沒有在聽我說話？」

「與其你一直動一張嘴，不如算一題我看看吶，也許你根本不會算對吧？」劉星妃鄙夷的瞥視著他，朱世豪搶走她手上的筆，振筆疾馳不到三十秒就解決了第一題。

「哇！你真的會耶！原來這麼簡單吶？」

朱世豪手上的筆震驚的啪在桌面翻白眼:「妳國小六年級沒畢業嗎？這哪個人不會？妳這樣再花兩年時間也補不完。」

「你真的很囉嗦耶，下一題啦。」

「自己算，不是和上一題雷同嗎？」

「嗯……」劉星妃沉著腦袋很努力很努力的想著。

「老天啊！」朱世豪看著她的算式眉頭皺到都能夾死大蒼蠅了，這女人到底是哪個星球來的？他決定辭職不幹了。

4．翻臉

第二天,朱世豪氣噗噗的來到級任老師的辦公室。

「好好好……世豪你聽老師說……」董老師極力的想安撫朱世豪。

「不不不……是老師你聽我說才對，我是真的拿劉星妃沒辦法，她根本不能教，我不要在她身上浪費時間，我……」

「輔導費從一千提高到二千如何？」

「三千。」朱世豪獅子大開口。

「那不如送她去補習班了。」

「隨便啊，但你心知肚明補習班那套填鴨式的教法，對她絕對沒用。」

「所以囉，我說世豪啊……」董老師又搭起他的背，他苦叫：「厚！又來了！」

「你也知道老師最近才剛得子，需要奶粉錢和尿布錢，你就別再為難老師咩……」

「嘶……」朱世豪舉雙手投降，竟敢拿這招勒索他！

雖然免為其難答應老師繼續幫劉星妃，但他一到討論室門口遇到她，他就直想轉身落跑。

但一見到他，劉星妃卻意外的比昨天還要有笑容，還熱情的湊向前問他：「嗨，今天不會又要上數學吧？」

「不然上健康教育嗎？」他沒好氣的逕自走進討論室。

「健康教育不錯啊，什麼X染色體Y染色體，那個我也聽不太懂蝦咪哇溝？」

朱世豪白眼快翻到後腦勺去了，在她面前遞了一本一年級英文和一張考卷，對了一下時間，冷酷的說：「給妳二十分鐘寫完。」

「二十分鐘？」劉星妃提高音量，引得周圍的人都舉目望向她，她不好意思的低聲問：「不會的生字我可以查網路嗎？」

「當然不可以，妳是白痴嗎？考試可以上網嗎？而且這是一年級的第一課，還會有生字？我……」朱世豪氣得拳頭都攥了起來，慶幸自己不是她的父母，不然一定會氣死。

劉星妃舉目望去只認得 ABCD，但它們全部湊起來，她就跟它們不太熟了。看她寫了五分鐘才猜了兩題選擇題，而且其中一題還錯了，朱世豪撫著頭，明白大事又不妙了。

等待，會讓他失去耐心與火冒三丈，他忍著性子對她說:「妳先把昨天叫妳回家寫的數學拿出來我看。」他得找點事做轉移注意力。

劉星妃慢吞吞的自書包拿出一張折得亂七八糟的考卷，瞄了他一眼怯怯的說:「不好意思，昨天被書壓在最底下，忘了寫了，我今晚回家一定……」

朱世豪用力的桌面一槌站了起來，劉星妃著實被他給嚇了一大跳，抬頭看向宛如一柱擎天的他，怒火衝天瞪著她，她害怕的縮了起來。

「妳到底在搞什麼鬼？妳知不知道我現在會在這裡教妳，是老師在奶粉錢上省吃檢用請我來的？而且我浪費的這個時間，在外面一小時家教就能賺雙倍的價錢？妳清醒一點行嗎？」

朱世豪說完已背起書包走出討論室，所有人都盯著他們瞧。

是老師花錢請朱世豪來教她的？她又羞又愧的臉

都漲紅了起來。

劉星妃尷尬的連忙收起東西跟著衝出去。

「喂！朱世豪等我一下！」

「沒什麼好說了，」朱世豪沒停下來，調侃地說：「若妳還只想作夢，明天請妳去跟老師說清楚，叫他別再妳身上浪費錢了。」

「我只是忘了寫作業而已，有那麼嚴重嗎？」

「是啊，一點都不嚴重，反正大家的付出對妳也沒差嘛？妳又沒付出什麼？總之妳沒救了。」

沒救了！

劉星妃心涼了太半，他怎麼可以說得那麼直接？

5. 誤會的眼淚

「朱世豪！你給我站住我有話要說。」

他高大的身影原本逕直的一直往前走不理她，卻突然停了下來，害劉星妃鼻子狠狠的撞上他的肩膀，眼淚疼得瞬間流了下來。

靠！痛死了！

朱世豪轉身，被她淚眼盈盈的楚楚可憐樣給楞住！

是自己太兇嚇著她了嗎？以為她已麻木不仁無藥可救了，竟還懂得愧疚到哭了嗎？那些眼淚令他怒氣瞬間消弭。

他語調變得柔軟，說：「妳……不然妳回去再好好把那張數學考卷寫完，還有英文第一二課單字背起來，明天同一時間見。」

「啊？」以為已經搞砸了這次機會的劉星妃，突然忘了自己追上來要說什麼話？她定在原地十幾秒傻傻盯著他的背影，直到他人都走遠了還沒回神。

回到家，劉星妃卻覺得比平常還要累，捲起袖子洗手準備晚餐，今晚媽媽如常會工作到九點才能回家，小公寓安靜的只有洗菜聲，朱世豪叫她明天同一時間見面的表情，卻不斷在她腦海中徘徊不去。

「流星飛，妳又在那裡傻笑什麼？」妹妹突然在她身後出聲，把劉星妃嚇得手上的當鍋都飛了出去！

「妳突然出聲是要死了？為什麼在家？」

「今天我又不用補習。」妹妹咬著放學途中買的水煎包：「連我在家妳都沒發覺？我的書包不就放在一進門的沙發上，鞋子也丟在玄關，那麼明顯的跡象妳還能嚇一跳？又一直在傻笑……嗯……妳心裡，是不是在想著某個人？」

「什麼跟什麼八桿子打不著的胡說八道？」劉星妃心虛的瞟了妹妹一眼：「既然沒補習還不快點過來幫忙？」

「沒沒……妳繼續當我還沒回家。」

劉星妃回頭白了她一眼。

吃完晚餐，妹妹在房門外對劉星妃探頭探腦的徘徊，奇怪姊姊今天怎麼沒有吃完晚餐，就拿著零食坐在電腦前追劇，反而拿起課本在猛 K？媽媽回家後，也加入鬼鬼祟祟的行列。

「看什麼啦？」劉星妃終於忍無可忍的瞪向獐頭鼠目的她們。

「沒事沒事……」媽媽笑笑的故作鎮定，臨走前還是忍不住問：「小妃，妳頭還有痛嗎？」她該不會是腦震盪還沒痊癒今晚才會這麼反常？

劉星妃不疑有他的給了媽一個微笑：「我的頭很好啊！媽，很晚了，妳快點去洗澡睡覺了。」

「喔，好，妳也早點睡……對了，妳不是有課後輔導嗎？補的怎樣？」

想起今天的狀況，劉星妃尷尬一笑：「還不知道啦，才去兩天。」

「嗯，加油！」媽媽把門帶上，轉身和妹妹一陣對視時，從裡面傳來一道如野獸的怒吼：「到底學這些數學要幹嘛啦？」

6. 不如預期

「什麼！國文 60、數學 58、英文 59、社會地理……」朱世豪死鎖的眉頭都不僅可夾死蒼蠅，連蜂窩都能被他給夾扁。

「這是我有史以來考過最高分的！」劉星妃興奮的眉飛鳳舞：「我以前從沒有一科能考超過 50 分的。」她小心翼翼的睨著他。

「這些題目都大同小異，全部我幾乎都幫妳複習過『N』百遍了，妳還能考成這樣？沒有一科及格的？妳居然還在得意洋洋？」

「誰說沒有？國文不就 60 嗎？」劉星妃抗議的脖子拉得比草泥馬還長！

「國文 60？那都是背的考 60 分算什麼？妳到底有沒有羞恥蛤？妳腦袋是不是從來也沒有帶來學校？還是妳腦子有洞……」朱世豪劈哩叭啦的連珠炮臭罵，她媽養了她這麼多年，都沒這麼罵過她。

劉星妃的心直直的沉到谷底，她以為他會為她高興，鼓勵她再接再厲之類的話，畢竟這才只是個開始嘛，但她最後只聽到他又說她沒救了。

現在連跟他道謝都說不出口，頭如有千金重的怎麼也抬不起來看他，眼淚也已在眼眶中打轉，索性背起書包，站起身。

「妳……」朱世豪訝然的望著她：「想幹嘛？這樣就不想補了嗎？」

「你不是說我沒救了嗎？那幹嘛還要補？我就是沒有羞恥心啦怎樣？」她二話不說的轉身就衝出討論室，留下不敢置信望著她離去的朱世豪。

慍怒一股惱湧上，手指毛燥的敲著桌面，最後還是起身追了出去。

劉星妃一走出圖書館，即往側門樓梯下躲去，傷心的哭了起來。

眼看畢業的時間不斷的在迫近，她的心越是徬徨無措。她的成績是不可能考的上高中，但是上高職她又不知道要選什麼科目？她的志向究竟在哪？為什麼她做什麼事都不上心、對任何事都沒有興趣？

都已經這麼這麼的努力了，結果還是那樣滿江紅，再繼續下去只是在浪費每個人的時間和金錢而已吧？

「我是害人精！」眼淚又倏地流了下來。

一包衛生紙遞到她面前，劉星妃訝然抬頭，竟是郝文晨！他今天怎麼一直陰魂不散？

「妳的眼淚還真多，一哭就哭個不停。」他不請自便坐到她身邊，劉星妃厭惡的把屁股挪動到一旁，一張又一張抽出他給的衛生紙擦眼淚擤鼻涕。他靜靜的坐在她身旁等待她情緒雨過天晴，沒再說什麼話。

「你為什麼都不用去補習？」她一問完，肩頭就垂了下去，明知答案了又何必問？他家裡有錢，說不定往後的文憑，都可用金錢買到。

「妳不覺得大人很奇怪嗎？一直逼我們去做那些我們根本就不喜歡做的事，如補習。 」

「補習是為了謀求好的學歷文憑，像我這樣的死老百姓，沒有那些東西又沒有後盾，以後很難找得到好工作。」她望著前方的眼神，好茫然空洞。

「那樣被大人強迫做出來的事，即使將來可能成功了，但人生的黃金時期卻都在痛苦中度過，不覺得很可惜嗎？」他展開雙臂向後靠在階梯上。

「那你倒是說說你現在這段黃金時期沒在讀書，都做了什麼？」

郝文晨裂齒笑得開懷道:「我有一個二百多萬點閱率的網站，上面全是我幫廠商業配的商品。」

郝文晨點開手機播給她看,劉星妃兩眼瞪得雪亮:「哇！你好厲害喔！這些影片全是你拍的？」

「嗯……還有這個網站的照片也是我拍的。」

「嘖嘖嘖……」劉星妃簡直是看得目不暇己:「所以你喜歡攝影和拍照對吧？」每張照片和影片都拍得好專業，不論布景擺設、色彩亮度都十分有質感和說服力。

「呵！應該可以那麼說。」

好不容易找到劉星妃的朱世豪，見到她和郝文晨一起坐在樓梯，停在樓梯下的轉角聆聽他們的談話。

他十分後悔剛剛看到她的模擬考成績後，一時氣憤爆出口的那些話，那無疑對她的自信心下了重重一拳，只是……誰看了她那成績不會生氣？

那個痞子出現在那裡幹嘛？若不是他耍帥撞了劉星妃，他現在也不用活受罪為那個笨得可以的劉星妃擔心升學的問題。

朱世豪看著劉星妃和那個雅痞交頭接耳的開心模

樣，只覺得一陣陣噁心。他終於看不下去，甘脆很不識相的對坐在樓梯上的劉星妃大喊：「喂！劉星妃，回去上課了，要我在圖書館裡等妳多久？」

兩人訝然的看向樓梯下河東獅吼的朱世豪，劉星妃驚呆道：「朱世豪！」

她沒想到他還在等她！

「還不走杵在那幹嘛？時間會等妳嗎？」

「我……」劉星妃吱吱唔唔的對他說：「對不起我不想回去了……」

她現在只要想到和他再回到討論室她就頭皮發麻。這一個月以來，她可是不分周末假日，每天都在那裡和書本考卷奮戰，但出爐的成績，卻一樣連一間學校也上不了。

朱世豪眉頭又皺了起來：「別人從國一就開始努力到現在，妳才努力了多久就想考多好的成績？」

「你剛剛好像不是這麼認為的吧？」

朱世豪無耐的說：「那是因為我以為妳最起碼各科都會及格。」

「結果那麼努力了，還是沒有及格是嗎？對不起讓你失望了。」劉星妃抓著書包霍地站了起來。

郝文晨跟著站起來向下面的朱世豪挑釁說:「人家不想讀，就不要再煩她了。」

「關你屁事啊？」朱世豪不甘示弱咬牙反問。

「怎樣？學霸就了不起了是嗎？」本要往上走的郝文晨反而向朱世豪的方向走去，一副準備開打。

往上跑的劉星妃楞住，連忙向下追上郝文晨並拉住他的手臂,急忙對樓下等她的朱世豪大喊:「朱世豪,總之我很謝謝你這些日子以來的教導，董老師給你的輔導費，我會想辦法拿去還他的。」

她說完，轉身就拉著郝文晨往樓上的階梯走。

「就那樣？」朱世豪不敢相信的瞪著她離開的背影，這一個月的努力全付之流水？所以她不想考了是嗎？

7. 失蹤

「劉媽媽，劉星妃今天不舒服在家嗎？」董老師打電話給劉星妃的媽媽，因為她今天沒到學校。

「啊？」媽媽訝異的拿著電話走出吵雜的餐廳廚房，才跟老師繼續通話：「沒啊，她今天跟往常一樣7點10分就出門去上學了啊。」

「但我從早上到現在都沒看到她出現。」

媽媽背脊都發起了涼：「但是小妃從來都不曾翹課，現在都九點了，該不會是在路上被人給綁架了？」

「媽媽妳先別急，我全校再找一遍，妳也想一下她可能去的地方。」

掛了電話，董老師回到教室打斷英文老師的課，向全班詢問：「你們今早有人看到劉星妃來學校嗎？」

大家一陣對視後，都搖頭說沒有。董老師想了一下，看向班長：「朱世豪，你出來一下。」朱世豪的臉瞬間垮了下來，只要是有關劉星妃的事，就准沒好事。

兩人走出教室後，老師迫切的問他：「昨晚你是最後一個見到她的人對吧？輔導時有發生什麼事嗎？」

「我們吵架了，她早就沒來輔導快一個禮拜了。」朱世豪有些愧疚的瞄了老師一眼。

老師驚呆的蛤了一聲：「這麼重要的事，你怎麼都沒跟我說？」

「對不起老師，因為我不知道要怎麼啟齒，感覺好像是我沒教好劉星妃毀了她……」朱世豪自心底湧起一股酸意。

「你怎麼會有那樣的想法呢？你只是幫忙她的同學而已，老師沒想到會讓你有那麼大的壓力，沒教好她，應該是老師的責任。」

朱世豪明白的點頭，想到什麼的說：「劉星妃最近常跟郝文晨混在一起，郝文晨好像還答應她要幫她在網路上開一間虛擬網站讓她去經營，她似乎認定那可以讓她和郝文晨一樣賺大錢，是她畢業後要走的路，所以沒必要升學了。」

她和郝文晨竟已經開始一起過夜不回家了？他們是來真的了嗎？心頭不禁浮上五味雜陳的感覺。

想起郝文晨還喊她「愛妃」，朱世豪又忍不住厭惡的起雞皮疙瘩，他臉色沉重又落寞的向老師補充說：「老師你輔導費不用給我了，畢竟我也沒幫上劉星妃什麼忙。」

＊＊＊

劉星妃頭暈腦脹的瞪著手機上的時鐘大叫：「啊！見鬼了！居然十點了！」

她努力地自一堆體育用品器具中爬起來。

痛苦蔓延她稚氣的整張臉，今天的早自習又是考數學，考，對不起自己、不考又對不起媽媽，為了躲避考試，她一進校園就偷偷躲到這頂樓的儲藏室裡混水摸魚。

誰知冬日的朝陽好不溫暖啊，含有淡淡稻草香的塌塌米如枕頭山的召喚，害她如飛蛾撲火的一頭栽進後，就和周公一起下棋到現在，連一二堂課都沒去上。

渾渾噩噩間，她自落地窗看到外面有個驚悚的身影！她心全吊了起來，呵睡蟲也被趕走整個人跟著清醒，打開儲藏室的門跑到頂樓陽台，一個女同學，顫顫巍巍站在女兒牆上。

「張婉婷……」聲音卡在劉星妃的咽喉沒叫出，因為她怕出聲反而嚇到張婉婷。

張婉婷好像聽到了劉星妃的腳步聲，回頭盯著劉星妃慢慢接近她的眼神，好叫人哀傷！

劉星妃頓住，明白自己此時若是不快點說些什麼分散張婉婷的注意力，她一定不假思索的跳下去。

「婉婷，妳怎麼也沒去上課？」劉星妃刻意忽視她想輕生的舉動，故作輕鬆的再慢慢向她靠近。

「別再過來……」張婉婷蹙眉問她：「妳在這裡幹嘛？」

「跟妳一樣，我不想上課……所以跑上來這裡透透氣。」劉星妃停在離她只差兩步之遙的地方，想再找機會慢慢向她靠近。「妳呢？妳也是跟我一樣不想上課才上來的嗎？」

「不是……」

停頓了好久好久，張婉婷才說：「我只是不知道我活著要幹嘛才上來的。」

「我也是耶……」劉星妃連忙認同的接她的話：「我每天醒來只要想到又要到學校面對考不完的試，畢業後，也不知道要幹嘛，就感到很恐慌。」劉星妃偷偷的瞟了一眼張婉婷的表情，她咬起下唇。

「原來妳也會對生活感到恐慌，我一直以為妳是個樂天派的，對什麼事都不在乎。」

「哪有可能啊？」話匣子開了，劉星妃趁機又向前走到女兒牆旁，但張婉婷產生了警戒心，劉星妃馬上向左邊移了一點距離，讓她有安全感。

「為了畢業後有學校讀，我前陣子還請朱世豪幫我補習咧。」

「真的？」她驚訝的望向劉星妃，嘴角露出一抹淡淡的微笑：「妳那天被車撞到要倒地時，也是他衝出人群抱住妳的，一直抱到救護車來。」

劉星妃訝異的嘴巴都合不起來，那日的懷抱她依稀記得，但她不知道是朱世豪！她彷彿又看到他為她深眉緊鎖的樣子，一股暖意竟在心底流暢。

「劉星妃，那日妳會希望寧願就那樣被車撞死，再也不要醒過來嗎？」

劉星妃被她問得一時不知如何回答？那應該是她自己的希望吧？

「哪可能希望被撞死啦？我們還這麼年輕，怎麼能說死就死？且別忘了我可是單親家庭，我媽還要靠我一起扛起家庭的重擔。」

一絲慚愧顯溢於張婉婷臉上，她隨即垂下頭：「也是，忘了妳也只有媽媽……妳爸呢？」

劉星妃順勢也乾脆一股腦翻坐到女兒牆上，偷偷瞄了一眼三層樓高的底下，腳底抽涼，倒吸一口氣後故作鎮定的聳聳肩：「我爸早就不知道死到哪裡去了？」

她抬頭望向張婉婷，她站的地方每多看一眼都讓劉星妃捏起冷汗：「妳呢？還在煩惱妳父母要離婚的事嗎？」

張婉婷沒回答，眼淚卻開始滴滴答答的落在她站的牆邊和鞋子上，劉星妃肩胛骨一緊覺得不妙，她實在不該戳中張婉婷的痛處。

張婉婷哽咽的說：「他們真的決定離婚了，但他們都爭著要我弟，沒有人要我……」

她哭著將身體慢慢向前傾，劉星妃四肢一陣抽涼！

8．流星飛

劉星妃伸出手想抓住要向下跳的張婉婷，但一支強而力的手卻率先硬生生的將張婉婷給用力拽到女兒牆內，那反而讓劉星妃撲了個空，嘴裡驚叫：「董老師？」那瞬間，劉星妃已重心不穩的開始往下墜落。

董老師已來不及抓住她。

「哇！流星又再次飛起來了！」一起幫媽媽找劉星妃的妹妹，摀著嘴，腦袋一片慘白的看著正在向下墜落的姊姊。

只見樓下已站滿了擔心圍觀的人群，其中有一人雙臂高舉、驚惶的跟著劉星妃飛落的方位追跑，劉星妃最後真的直直摔進那人的懷中，兩人都躺平在所有人早為他們鋪好的軟墊上。

劉星妃愕然的望著被她壓在下面、不醒人事的朱世豪，驚恐的喊：「朱世豪，你醒醒啊，你到底站在我下面幹嘛？你是笨蛋嗎？會被壓死你不知道嗎？」

她坐在朱世豪身上又哭又叫，郝文晨走出人群連忙將她拉開，救護人員已來到現場，他們對朱世豪一陣檢查與急救，最後抬上救護車，劉星妃站在一旁無力的看著救護車上閃著赤紅的警示燈，震天響的開走了。

＊＊＊

朱世豪慢條斯理的喝著母親為他熬煮的魚湯，病房外傳來敲門聲，媽媽有些意外一大早會有誰來探病？向門外說了聲請進。

郝文晨推門走進朱世豪的病房，一抹燦爛的微笑掛在他曬得黝黑的臉上。

朱世豪楞住！這個傢伙怎麼會知道他醒了，還特地跑來看他？

「伯母好～」郝文晨還隨手遞上一籃高級水果。

朱母不好意思的說：「謝謝，還害你破費，朱世豪你和同學慢慢聊，我去樓下買個東西。」

朱世豪望著母親離去的背影後，就有些不悅的看向不懷好意的郝文晨，他是來向他挑釁的嗎？其實他有沒有和劉星妃在一起，根本不關他的事。

「幹嘛瞪著我啊？我又沒欠你錢。」

「我們不同班也不熟，你想我看到你不會覺得奇怪嗎？」

郝文晨不以為意的撇撇嘴，看著他打石膏的手問：「手還好嗎？」他拿起帶來的蘋果，自顧自的拿起桌上的水果刀削起皮。

果皮竟三兩下就被他削得乾乾淨淨，就自顧自的咬了一口蘋果。

「喂，你水果削了不是要給病人吃的嗎？怎麼會有這種人？」

「我看你好像不是很想吃的樣子。」

「嘖！到底有什麼事？」朱世豪已開始不耐煩。

「沒啊。」郝文晨切了一小片遞給他：「只是劉星妃那天把你壓傷後，一直自責到現在，聽到你醒了竟也不敢來看你，雖然她很想來。」

朱世豪瞥了一眼他遞來的蘋果後，視若無睹的喝他熱呼呼的魚湯，冷道：「我看她根本是不想來吧？不來就算了，還找你來說幹嘛？」。

「幹嘛那樣說？她是真的很關心你。」他把蘋果丟進自己的嘴巴。

朱世豪懷疑道：「如果她覺得我是因為她而受傷的，那她大可不必愧疚，那天不管是誰在我眼前摔下來，我都會本能的向前去救人。因為我是個內心很善良的人。」

「喔～原來你這麼博愛啊？那我會轉告她叫她對你死心。」他把吃了一半的蘋果塞到朱世豪懷中：「嚅，剩下的給你，一人一半，感情不會散。」

「噁心死了，誰跟你有感情？我才不要吃你吃剩的一半。」他把蘋果放回桌上。

「呵呵～」郝文晨又甜滋滋的拿起那半啃，模樣像一隻毛毛蟲。

郝文晨滿口蘋果繼續說:「其實劉星妃一直很自責那天不但沒成功勸下張婉婷跳樓，還墜樓壓傷了你，情緒低落了好久。」

朱世豪心抽了一下，他又沒要她那麼自責。他喉頭上下挪動的嗯了一聲，許久才說：「她那天已經表現的很勇敢了，若不是她跟張婉婷聊天拖延了一點時間，我們根本來不及自體育室搬出軟墊舖在樓下。」

「嗯，董老師也那麼跟她說。」

「結果呢？她……想開了嗎？不會又換她想去跳樓了吧？」

「沒啦，怎麼可能？有我在她怎麼會想不開？」

朱世豪翻白眼：「是厚，我都忘了你想要什麼就有什麼？她怎麼可能會想不開？」

「你知道我本來打算畢業後幫劉星妃開個店商網站嗎？」

朱世豪煩悶的哼了一聲：「你們想幹嘛，不需要經過我同意。」

「但她經過這些事後，終於想通畢業後要走哪條路了。」

「喔？」朱世豪挑高眉頭：「她想走哪條路？」

「董老師說她是個善解人意又有耐心的女孩，以後可以去當心理輔導員或社工之類的，甚至當上心理醫師也不無可能。」

朱世豪不自覺得的嘴角揚起了微笑。

「哈！」郝文晨赫然指著他的鼻子笑道：「說到劉星妃就笑得這麼開心，還想假裝不關心她嗎？」

朱世豪臉騰得赤紅:「說什麼啊？我只是覺得她那麼笨，怎麼可能當上心理醫師？能當個心理輔導員就不錯了。」

郝文晨驀地把臉向他拉近，鬼鬼祟祟道:「我本來畢業後就要正式跟她交往，以後還打算娶她為妻的。」

朱世豪狠狠的將他那張噁心的臉推開:「神經病。」

「但我發現我根本比不上你。」

朱世豪一陣莫名其妙:「你到底想要說什麼？」

郝文晨臉色忽地黯淡了下來，沉默了一會才說:「那日看到她從高樓墜了下來，我卻沒有像你一樣的勇氣去接住她，所以我徹底輸了。」

「我就說了，我只是出於本能……」

「不是，」郝文晨斷然截掉他的否認:「你那天的表情是拼了命也不想讓她受傷，你寧可犧牲你自己，你的模樣簡直跟個白痴沒什麼兩樣，大家反而為你捏把冷汗。」

朱世豪楞楞的與他四目相望，場面靜得只剩下他倆的呼吸聲。朱母這時剛好回來，郝文晨起身說要走了。

「謝謝你來看朱世豪，還削水果給他吃啊？」

「媽，他才沒削水果給……」

朱母疑惑的看向朱世豪。

郝文晨在朱母的身後對朱世豪搖頭，還打著噓……的手勢。

朱世豪簡直被他痞性打敗，但看在他特地來告訴他那些事的分上，懶得拆他的台了。

臨走前，郝文晨轉身又問他：「朱世豪，快點康復回學校，劉星妃還等著你回去幫她輔導喔，不然叫她來這兒輔導你說怎樣？」

朱世豪竟沒有拒絕，只冷冷的回他一句：「隨便她。」

[完]

情書

文：倪小恩

1.

日子即將邁入酷暑，現在才六月初而已，蟬聲就一陣又一陣的響起，像是在抱怨天氣的炎熱。

在高中校園的某間教室裡，由於正逢下課時間，聊天聲此起彼落、吵吵鬧鬧的，有幾位男同學在教室後方玩起手機中的打鬥遊戲，過程中，你一言我一語的，有時候指定隊友到某個定點，有時候命令他們發動攻擊，有時候則是因為不順遂而罵幾句髒話。

除了這些，教室內還充滿了學生們的聊天聲。

夏佑語一個人靜靜的在講桌上寫著教室日誌，在這些喧鬧聲中，她的安靜反而成了格格不入的存在，在寫完教室日誌後，她走回自己位在教室最後方的座位，見到座位附近的男同學正起興的在玩手機遊戲，有點無言地拉開椅子坐下。

夏佑語實在不明白這種打打殺殺的遊戲有什麼好玩的？而且這群男同學們幾乎每節下課都在玩，真是玩不膩啊！

「夏佑語，能不能幫我個忙？」一位與她交情不錯的女同學邱曉蝶突然走來她的座位旁，凝望她的神情帶點祈求的意味。

「什麼忙？」她抬也不抬的就問。

「可不可以幫我送……」邱曉蝶的聲音突然變小，聲音夾雜了些退卻與害羞，可是她還是鼓起勇氣要自己說完：「送情書。」

「……啊？」夏佑語以為自己聽錯，愣愣地看著她的臉龐。現在都什麼年代了，還有人告白是在寫情書的嗎？「等等，妳說的情書……是告白的情書？」

邱曉蝶點頭，「嗯，就是告白的情書。」

夏佑語一臉不解，「可是……妳怎麼不想個辦法拿到對方的聯絡方式，然後傳訊息過去就好了，非得要用這古老的方式？」

「這想法是從我表姊那邊來的。」邱曉蝶解釋，「我聽我表姊說他們那年代手機不普及，告白是用情書的方式，就是偷偷的把情書塞到對方的抽屜，進而讓對方發現。聽著她跟我表姊夫的相遇相愛，我覺得很浪漫，所以就想學學她的方式。」

夏佑語眨了眨眼睛，這才知道她寫情書的理由，原來是因為覺得浪漫。

她問：「那妳的情書寫好了嗎？」

「寫好了啊……但我不敢送，妳可不可以幫我送？」邱曉蝶手上拿著一本國文課本，在她面前翻了翻，刻意露出裡面那封情書。

信封是鵝黃色的，上面只有一個手畫愛心，連收件人的名字也沒寫，為此她有點疑惑。

確認夏佑語有看見課本中的那封情書，邱曉蝶將課本蓋齊，將整本課本遞給她，「可不可以幫幫我啊？」

「妳這封信要給誰啊？」

「……蘇昱辰。」

夏佑語在聽見這名字的當下愣了愣，失神幾秒鐘，蘇昱辰是她社團中的學長，人氣有點旺，是學校許多學姊學妹的崇拜對象。

但是她跟蘇昱辰之間平常根本就沒什麼交集，開學到現在也只說過一次話，而且社團人數又多，她不確定蘇昱辰知不知道她這個人。

話說邱曉蝶是什麼時候開始對蘇昱辰有意思的？

這應該要追溯於某日社團結束的時候，邱曉蝶特地來音樂社找夏佑語要一起放學，但當時音樂社的老師還沒下課，在講台上講了些重要事項，待在教室裡的夏佑語發現窗外的邱曉蝶，悄悄的朝她揮手。

邱曉蝶用些簡單的手勢表示自己先在外頭等，然後就這樣隔著窗戶，百般無聊地望著社團教室裡面的人，剛好那時候蘇昱辰被老師叫上台示範鋼琴，他應了聲好，修長的手指放在黑白鍵上頭，悠悠的鋼琴聲就這樣傳了出來。

全班的同學目瞪口呆的看著這場即興演出，當蘇昱辰的表演結束，社團成員熱烈的鼓掌，包含了站在外頭的邱曉蝶。

這節社團課程結束後，夏佑語收拾隨身物品走出社團教室，見到她呆呆地看著蘇昱辰的方向，一臉恍神的癡迷樣，她在她面前揮了揮手，打趣的問：「迷上啦？」

「他是……誰啊？」邱曉蝶好奇的問，夏佑語告知說是社團裡的一位高二學長，自小就有在學鋼琴，也曾經參加比賽得獎過，雖然高中要開始注重課業，但他還是喜歡著鋼琴，因此社團就選擇參加了可以接觸到鋼琴的音樂社。

原本以為邱曉蝶只是一時的好奇，但沒有想到她竟然找到了對方的臉書，然後大膽的按下追蹤，與她之間的聊天話題也時不時地提到蘇昱辰這個人。

她對蘇昱辰一見鍾情，還真是小說裡會發生的事情呢！

回過神後，夏佑語望著邱曉蝶那等待自己答案的期待表情，總覺得自己如果沒有答應，似乎不夠朋友、不夠挺她，雖然她覺得蘇昱辰應該是不會喜歡上她的，但身為朋友，還是得幫忙。

於是她點頭允諾。

「好，我知道了，我幫妳送就是了。」她說，說完趕緊將情書接了過來，避免不小心怕人看到而起鬨，夏佑語飛快地將那封信塞在書的夾層中。

接著，兩人裝作無事，心中鬆了口氣，夏佑語小聲的問：「妳裡面裝的是信？」

「是一張信，還有一張電影票，我想用約電影的方式。」邱曉蝶有點害羞的回，臉上的紅潤遲遲不散，她的雙手摀在臉頰上想遮住上面的紅霞，繼續說：「第一次約會看電影，這方式應該不會有壓力吧？本來想說約吃飯的，可是我怕邊吃飯邊聊天的過程會尷尬，若找不到話題就悲劇了，所以才想說用看電影的方式。」

「若不知道要聊什麼話題，就用看電影吧！如果我是妳，我也會用看電影的方式。」夏佑語同意。

詢問完電影時間是在這周末後，夏佑語看了看距離周末的時間只剩下四天，為了好朋友，她得趕緊把手上這封情書給送出去才行……

當她已經下定決心要接手這份任務的時候，她突然想起一件事情，於是，她開始猶豫了起來。

蘇昱辰好像和那個人同班，這是讓夏佑語突然感到困擾的原因。

而那個人，是她的前男友，呂欽皓。

2.

　　呂欽皓是她國中的學長，除了是她的前男友外，也是她的初戀，當時國中放學的時候兩人常常窩在圖書館一起讀書，讀完書後兩人便會來個小約會，有可能是吃一頓飯，或者是去附近的店家逛逛、買買文具。

　　當時的兩人相處開開心心的，各自回到家中後還會一直聊天，有時候會不小心聊到深夜，感情非常的甜蜜，初次戀愛的夏佑語以為會永遠跟對方交往下去直到結婚，可是卻忽略了對他們來說是人生中重要的階段也是殘酷的現實——考高中。

　　呂欽皓比她早一年上考試戰場，為了考上理想的高中，逼不得已兩人只好提議暫時分開。

　　等到國中會考成績一出來，夏佑語得知呂欽皓考上了理想志願，開心地跑去祝福對方，呂欽皓雖然也覺得開心，可是緊接著要上戰場的是夏佑語，他深怕自己會影響到她的課業，於是對於夏佑語所提出的復合並沒有接受。

　　夏佑語雖然覺得難受，但知道呂欽皓是為了她著想，於是她同意。

接下來的時間，為了考上呂欽皓的學校，拼命的念書，犧牲玩樂的時間，一直寫著參考書，而過一年後命運之神降臨，她最後幸運的也考上了與呂欽皓同一所的高中。

她開心地想要見到對方一面，跌跌撞撞的穿越種種的阻礙來到他面前，夏佑語的確是見到了呂欽皓，同時卻見到了他身邊早就有了另外一位女生的存在。

夏佑語沒有想到會是這樣的結果，那畫面刺痛她的眼，她最後失意的轉身離開。

她失戀了。

這段戀情拖了兩年終究無法重新開始，他們兩人在錯的時間相愛，層層的障礙阻隔著他們，本來就不會有什麼好結果了。

當時夏佑語因為失戀，難過了好幾天都沒有好好吃飯，考上心目中的高中原先是一件值得慶祝的事情，可是前男友與別的女生走在一起的那畫面卻揮之不去，每次只要一回想起那畫面，她就覺得痛徹心扉。

她甚至有想要轉學離開這裡的想法，可是若真轉學，又得花一堆心力去準備，夏佑語一想到這就覺得頭痛，最後只好告訴自己，是她甩了呂欽皓，而不是呂欽皓甩了她……

而呂欽皓在得知她也考上這所高中的時候，曾經來找過她，原本表情是興高彩烈的，但夏佑語對他的態度冷淡，最後還對他說：「我們以後別再見面了。」

他不解，也不明白，緊緊抓著她的手問：「為什麼？」

「沒有為什麼。」夏佑語抽回自己的手，「就這麼辦吧。」

呂欽皓不懂自己是哪裡惹她生氣了，而夏佑語也不提她看到他與其他女生在一起的事情，她講不出口，因為只要回想起那回憶，她就難受的想哭，因此只好用冷漠來偽裝著自己，不想讓人看出她心裡正在難過。

之後呂欽皓曾經來教室找過她幾次，但夏佑語的態度依舊如此，她可以上一秒與同學打打鬧鬧嘻嘻笑笑的，在見到他出現的下一秒就收起笑容，冷冽的看著他，為的就是要讓他知難而退，最好永遠別出現在她面前。

最後也如夏佑語心中所希望的那樣，呂欽皓因此死心了，再也沒有來教室找過她了，這就是她想要的結果，這段感情，是她甩了對方，而不是對方不要了她。

如今，距離那段痛徹心扉的日子已經過了快一年，她即將升上高二，而呂欽皓即將升上高三。

原本以為在她考進這所高中後能夠繼續的與呂欽皓開開心心的在一起相處，可是終究只是妄想，這些美好的畫面只是她的想像，無法真正實現，也絕對不可能實現了吧……

望著手中那封情書，夏佑語有點後悔答應的太早，因為若去了蘇昱辰的班級，一定會遇到呂欽皓的，不知道他與那位女生過的怎麼樣了，應該是像一般熱戀中的情侶一樣開開心心的吧……

本來打算在社團時間拿給蘇昱辰的，但人多嘴雜，蘇昱辰在社團又是風雲人物，肯定會有很多人找他說上話的，若她拿情書的畫面被人看到，到時候誤會連連，解釋不清，可就麻煩了。

夏佑語嘆息，想了各種的方式，好像就只有親自去蘇昱辰教室中找他本人最為保險。

只是夏佑語去了他的班級幾次，不知道是剛好錯過還是怎麼了，她都沒有看到蘇昱辰過，沒有見到要找的人，倒是看到呂欽皓好幾次，她見到他與同學開心的談笑，或是一個人坐在座位上翻著書看，之前她將他推開時那難過的神情似乎已經不在。

夏佑語見狀，看來他比想像中過得還要好，他們倆人之間從原先的世界各自分離，他往更好的方向前進，但她自己卻依舊在原地踏步，她也以為她前進了，可是並沒有。

在國中的時候，總會幻想著與呂欽皓在同所高中校園中漫步約會，放學的時候可以一起走操場，但這些美好的畫面已經不會實現。

夏佑語站在走廊沉思，一名坐在靠窗的女生見她來過幾次，但每次來就只是望著教室內，也不開口說要找誰，於是她主動叫住她，「學妹，我看妳來了好幾次了，妳要找的人都不在嗎？妳要找誰啊？」

被叫住的夏佑語愣了愣，這位學姊的聲音同時引起周圍的注意，有幾個人的眼睛停留在她身上，都是一臉好奇，夏佑語被這樣注視著，有點尷尬。

「我——」她知道蘇昱辰有很多位愛慕者，班上可能也有喜歡他的女生，如果此刻她說出他的名字，被人誤會了怎麼辦？

想到這，她有點懊惱。

這時候呂欽皓發現她的存在，有點訝異的走出教室，「佑語，妳是來找我的嗎？」

「不是……」她下意識的這麼回答，撇過臉，不知道要用什麼表情看他，夾著情書的那本書從她手中脫落，掉在走廊的地板上。

呂欽皓搶先將那本書撿起遞給她，可是夾在裡頭的情書就這樣滑落了出來，好好的擱在兩人之間，上頭的紅色愛心似乎在譏笑著兩人的關係已回不去。

「這是給我的？」呂欽皓撿起那封情書，一臉疑惑的表情。

「不是，這是給蘇昱辰的，請你幫我轉交給他。」夏佑語飛快地說完這段話，眼神開始在閃爍逃避，慌張地想要趕快逃離這個地方。

她不等呂欽皓的回應，她轉身就跑走，為的就是想要離開這個令她窒息的地方。

3.

留在原地的呂欽皓凝視著手上那封情書，有些失了神。

他不是沒有聽見夏佑語所說的話，而且還聽得一清二楚，只是他不明白為什麼從她嘴裡吐出的是別的男生的名字？

那對他閃躲的眼神，是對他的內疚嗎？

她是真的……不喜歡他了嗎？她心裡真的沒有他了嗎？

至今，呂欽皓依舊不知道為什麼夏佑語會變？她對他的態度跟以前比起來完全判若兩人。

在國中交往期間，只要她見到他，臉上就一定是燦爛笑容，當初兩人說好要暫時分開是因為要好好的準備考高中，他是為了彼此，也是為了她，因為深怕耽誤她，所以不得不有這樣的提議。

可是他沒有想到一切都變了，他找不出真正的原因，問了她幾次她也不願意說，也許一開始他提議說要暫時分開就是個錯誤。

他要自己冷靜一段時間不再打擾她，希望給彼此想清楚，可是卻換來她喜歡上他人的結果。

呂欽皓咬著唇懊惱的看著手上那封情書，實在不想交給她所說的那名字的人，更不想眼睜睜的看著她變成別人的人。

他拿著那封信走進教室，蘇昱辰剛好經過他身邊，淡淡的瞥了他一眼，不經意的說：「學妹來找你？」

「嗯……」

回到自己的座位上，他悄悄的將那封信給拆開，這封信並沒有署名，上面單單只畫著愛心，信封口也沒有徹底封住，打開信後，裡面是一張電影票，以及一張寫著時間與地點的字條。

還以為裡面會有一張書寫著愛意的信紙，但不是他所想的那樣。

可是，呂欽皓的心中還是有一股酸意襲來，一想到夏佑語將與其他男生站在一起，單單只是想像而已，這畫面他就覺得不悅，甚至近乎抓狂。

就算她真的已經不再喜歡他了，那起碼給個讓他可以徹底死心的理由，就算她真的喜歡上了別人，那至少要親口對他說吧？

他嘆息，手上這封情書遲遲沒有轉交給蘇昱辰，也沒有想要轉交出去的打算。

另外一方面，邱曉蝶向夏佑語確認著情書有沒有轉交出去，夏佑語點了點頭，她確信當時的呂欽皓有聽到她所說的話，呂欽皓應該會替她轉交出去吧？她是這樣認為的。

邱曉蝶說：「夏佑語，看電影那天妳能不能跟我一起去啊？」

夏佑語錯愕，「啊？我跟妳一起去？這樣適合嗎？」

「我意思是……妳能不能陪我一起在電影院門口等？等到學長來了，妳再離開，至少給我一點勇氣，好嗎？」

夏佑語點頭，「當然好啊！我也希望妳順順利利的。」

「謝謝妳，果然是我的好朋友。」

當夏佑語轉身離開回自己座位的時候，邱曉蝶拿出手機，欣喜的傳了訊息出去。

直到周末這天，夏佑語跟邱曉蝶一同搭車前往電影院，在捷運站上，邱曉蝶望著手機上的約會指南，同個頁面反反覆覆看了好幾次，夏佑語可以看得出來她真的很緊張，從剛剛到現在做了好多次的深呼吸，表情看起來非常的慌張。

「妳別緊張，放輕鬆，又不是沒有跟男生說過話。」她鼓勵著。

「不一樣啊！我是有跟男生說過話，可是我沒有跟喜歡的男生說過話啊！這兩者是不一樣的事情，怎麼能比啊？」

「……是沒錯啦！我只是要妳別太緊張而忘記呼吸，到時候蘇昱辰給妳人工呼吸妳豈不是更加尷尬？」夏佑語說到神情突然變了，帶點調皮的表情說：「啊！還是妳是故意要讓他給妳做人工呼吸的啊？」

「吼呦！夏佑語，妳別取笑我啦！」邱曉蝶被夏佑語鬧得整張臉都紅了，就像一顆新鮮的蘋果一樣，紅潤潤的，讓人想咬一口。

她的反應讓夏佑語忍不住笑出聲，收起玩笑，她正色地看著她，「希望妳能夠順利，雖然不知道蘇昱辰會不會喜歡妳，但妳勇敢地跨出這一步，妳非常的勇敢。」她嘆氣，「……如果我也有妳的勇敢就好了。」

「嗯？妳有新喜歡的人嗎？我錯過了什麼？」邱曉蝶一臉八卦的表情。

「沒有……」她搖搖頭，不得不承認，她的心裡還有呂欽皓的存在，初戀不是說忘就能忘的，若不是還忘不了，怎麼會在見到他的時候慌了手腳？夏佑語對於前幾天在呂欽皓面前的行為感到有點丟臉。

「妳是不是還喜歡呂欽皓學長啊？」

夏佑語愣住，過幾秒鐘後搖頭，不想承認這件事情，「都已經過去了，我跟他之間沒什麼好說的。」

「妳真的這麼想嗎？」邱曉蝶眨眨那純真的眼睛。

「……什麼？」

「我意思是，你們之間真的沒什麼好談的嗎？」

夏佑語不懂為什麼邱曉蝶會這麼問，但她不想面對這個問題，撇過頭裝冷漠，「是啊！我跟他之間早就結束了。」

捷運一站一站的過，每停一站，就會有人上車、下車，看著那些人潮，夏佑語覺得宛如人生，有人進駐在心裡，有人從心中離去，而呂欽皓呢？她以為他已從她心中離去，然而並沒有，這段感情直到現在她還是割捨不下。

邱曉蝶突然挽住夏佑語的手，頭輕靠在她的肩膀上，「夏佑語啊！我希望今天的事情沒有讓妳不高興。」

她以為她在指剛剛她所提出的那些問題，便直接說：「妳別想太多，我沒有不高興。」

最後終於抵達她們的目的，兩人跟著人潮下車，往電影院的方向走去。

「妳時間來得及吧？」夏佑語提醒。

「哈哈，放心，距離電影開演的時間還有三十分鐘左右。」邱曉蝶胸有成竹的說。

兩人抵達了電影院，邱曉蝶開始左顧右盼的，想看看蘇昱辰人到底到了沒有，而夏佑語也幫他找人，卻意外的看到呂欽皓。

她一臉錯愕，納悶著他人為什麼會在這裡？

「夏佑語，我看到呂欽皓欸！」邱曉蝶說。

夏佑語的表情不是很好看，見到呂欽皓朝著她們走近，她的腳卻生根了一樣，想逃走卻逃走不了。

4.

「妳喜歡蘇昱辰嗎？」這是呂欽皓見到她時的問句，問得有點咄咄逼人。

夏佑語蹙眉，一臉不解，「……你在說什麼啊？」

呂欽皓拿出那封情書，「妳不是要我轉交給蘇昱辰嗎？妳喜歡他？」

見到那封情書竟然在他手中，表示他根本就沒有拿給蘇昱辰，那這下可好了，蘇昱辰根本就不會來了。

「你怎麼沒有轉交給蘇昱辰？」夏佑語的聲音有著責怪，事情的演變超乎意料之外，她沒有想到來的人竟然是呂欽皓，那這樣子的話蘇昱辰根本就不會來了啊！

「我怎麼可以眼睜睜的看著妳跟別的男生約會？」呂欽皓說，眼神有著怒意在。

夏佑語啞然的看著他，他誤會了，他以為這封情書是她送的。

「等等，這封情書不是我——」夏佑語的話還沒說完，邱曉蝶卻插話進來：「學長，你還喜歡著夏佑語，對吧？」

呂欽皓雖然一臉納悶，可是照實回答，「當然啊！我還喜歡佑語。」

這話讓夏佑語傻眼，聽見這話她心跳少了一拍，他說……他還喜歡她？但她要相信嗎？

想到之前那痛心的畫面，夏佑語要自己理性點，別被他的甜言蜜語給拐騙了，趕緊說：「你不要胡說八道，講這話誰相信啊？你明明就跟別的女生在一起了，現在又來說喜歡我，你在搞劈腿嗎？」

「啊？」她的話讓呂欽皓瞠眼，「妳在說什麼啊？我哪有跟別的女生在一起，妳是聽誰說的？」

呂欽皓的這反應讓夏佑語一頭霧水，她整個搞糊塗了。

到底是怎麼一回事？

邱曉蝶的聲音從他們之中響起，「原來是這麼一回事啊！夏佑語以為你跟別的女生在一起了，所以態度變了，但其實你並沒有跟任何人在一起，你還是喜歡著夏佑語，這樣看來，你們之間就是有誤會嘛！明明還喜歡著彼此，卻因為這誤會而分開，多麼可惜啊！」

她摸了摸下巴，講出來的話讓夏佑語跟呂欽皓一愣一愣的，邱曉蝶說完後微微一笑，繼續說：「有誤會就是要講清楚啊！如果過了好幾年才發現這是場誤會，那後悔可就來不及了，趁現在還喜歡著彼此，是不是要好好的說清楚啊？」

邱曉蝶從口袋中拿出另外一張電影票，塞入夏佑語的手中，「這場電影是一場動人的愛情故事，你們倆人好好的觀賞吧！」

「什麼啊？這到底是——？」夏佑語搞不清楚狀況，就連呂欽皓也是，腦袋整個停止了運轉。

「你們兩人可以好好的去看一場電影，讓彼此的心沉澱沉澱，整理一下思緒。」這時候，一個不屬於他們的聲音出現，轉身一看，竟然是蘇昱辰。

蘇昱辰的身影不知道從什麼時候出現的，他說完後微笑地看著他們兩人。

邱曉蝶這時候伸出手掌，與他合掌來個 Give me five。

「……」

然後在夏佑語傻眼的目光下，那兩人的手竟然就這樣牽起。

「什麼？什麼啊？到底怎麼一回事？」夏佑語滿是錯愕得看著邱曉蝶與蘇昱辰那交疊在一起的手，「你們早就在交往了？」

「噓——」蘇昱辰將手指放在唇上，「這還是祕密，礙於身分關係，請你們替我保密。」

「嘿嘿。」邱曉蝶俏皮一笑，與蘇昱辰的手緊緊牽在一起，「夏佑語，我剛剛在捷運上就跟妳說過了，希望今天的事情沒有讓妳不高興，妳可別生氣，我是為了妳好。」

「……」她整個無言以對。

這時候蘇昱辰拍拍呂欽皓的肩膀，「抱歉，我知道這幾天你因為那封情書的關係心情不是很好，當局者迷旁觀者清，我跟曉蝶只是希望你們能好好的，好好的把話說清楚。」

呂欽皓終於淺笑，他整個人蹲在地上，手摸向心臟處，「你嚇死我了……吼！一個是我喜歡的人，一個是我好朋友，我已經因為這件事情糾結好幾天了，這幾天都沒有睡好。」

夏佑語這才發現他眼下的黑眼圈，以及臉上那憔悴的表情。

僵硬的心牆逐漸瓦解，她為這樣子的他而感到心疼。

「電影快開始了，你們趕快進去，等電影結束後，我有幫你們預約附近的咖啡廳，你們可以去咖啡廳好好的聊天，相關資訊等等再傳給你們，我很推這家咖啡廳裡的聖代冰淇淋。」蘇昱辰對他們說。

之後，邱曉蝶與蘇昱辰兩人手牽手的離開，望著他們的背影，夏佑語替她感到開心。

原來自己的好朋友早就有了這份幸福，想起她時不時的就拿著手機傳訊息，曾經開玩笑的鬧她說是不是偷偷交男友，邱曉蝶始終否認，說自己的哥哥因為無聊一直找她聊天。

而通訊軟體中所謂的哥哥，就是指蘇昱辰吧！

「佑語。」呂欽皓做了個深呼吸，表情有點不自在，他搔搔頭，聲音有點沙啞，「我們……趕快進去吧！電影要開始了。」

夏佑語看著他的眼睛，呂欽皓並沒有因為她的凝望而躲避她的眼神，反而直直的盯著她看，就跟以前一樣，他直視她的那雙眼眸中一直有著她的影子，明明他眼中一直有她，那她為什麼都忽略了這份深情呢？

抿了抿唇，夏佑語給自己勇氣，用力點了頭，「嗯。」

距離上次與呂欽皓相約出來玩是什麼時候？夏佑語已經想不起是哪天了，只記得當時的他們一個國二、一個國三，這樣算一算將近兩年多的時間了，他們當時在考試衝刺之餘抓了一天空檔的時間，就是為了要約會。

兩人進入漆黑的電影院裡面，呂欽皓怕夏佑語跌倒，小心翼翼地看著她往座位前進，當兩人找到座位坐下後，電影剛好開始播放。

「佑語。」呂欽皓突然叫住她的名字，夏佑語轉身凝望。

「我，直到現在一直都還很喜歡妳，我不知道妳誤會了我什麼，但請妳相信，直到現在我都沒有喜歡過別人，就算妳討厭我而不理我，我都沒有變心過。」

夏佑語愣愣地看著他的側臉，下一秒便看見呂欽皓他摀著自己的臉，又一次強調，「請妳相信我。」

5.

這部電影是一部感人的愛情故事，男女主角一開始很相愛，但故事中途女主角因為罹患不治之症而決定要離開男主角，她用盡了各種難聽的言語與難堪的方法來侮辱對方，就是為了要讓對方離開她，確實男主角最後如願以償的離開她的世界，可是後來他從女主角好友那聽到她生病的事情，回頭來找她，陪伴她度過接下來僅剩的日子，最後女主角在幸福中過世。

故事是悲劇，卻淒美的動人，很多觀眾都落下淚水，哭訴著這世界對女主角的不公平。

然而，夏佑語一直想著她與呂欽皓之間的事情，對於電影沒有很認真的在看，甚至最後演完了，她也不知道自己究竟有沒有從中吸收到什麼。

整個浪費了這電影票錢，雖然這電影票錢不是她出的，但她感到有點內疚。

轉頭凝視呂欽皓，他竟然哭紅了雙眼，當電影散場後，他的情緒依舊抽離不了。

「走吧！我們去咖啡廳。」他揉揉眼角，將那邊的淚水給擦乾，拿出手機要查看蘇昱辰替他們找的咖啡廳。

夏佑語從包包中拿出衛生紙給他,「給你擦眼淚。」

「嗯……謝謝了，我覺得好丟臉，竟然可以因為一部電影而哭成這樣，結果妳都沒哭。」呂欽皓邊說邊擦拭眼淚。

她之所以都沒有哭是因為她根本就沒有很認真在看，但她說:「我看過類似的影片，有猜到結局，所以才沒有哭吧。」

「妳不覺得跟我們的故事很像嗎？如果我最後真的對妳死心了,不再探究妳突然離開我的原因是什麼,那我們是不是就此真的錯過了？」呂欽皓望著她說。

夏佑語認同他的話，他說的沒有錯，如果沒有被邱曉蝶與蘇昱辰兩人精心安排今天的行程，如果沒有呂欽皓對她的固執與堅持，那他們兩人真的從此就像平行線一樣，不會有任何的交集在。

這樣一來，這誤會究竟會到什麼時候才有解開的一天啊？

「對不起。」她說，終於拉下了臉，也覺得自己在這一年對他實在太冷漠無情了。

「我也對不起妳，讓妳這麼沒有安全感而不信任我……」呂欽皓也道歉。

「不是，是我先誤會你的，是我的錯，我當時應該跟你說原因的，對不起……」

兩人互相道歉著，突然相視一笑，好像所有的誤會都解開了一樣。

「走吧！我們去咖啡廳。」呂欽皓朝她伸出手，夏佑語輕輕的將手放在他的手掌上，輕輕的牽起。

「謝謝你一直在等我……我有幾次對你……真的很壞吧……」她想起有一次她直接當眾把他趕走，當時大家面面相覷，這件事也被班上討論了一陣子，才知道原來她甩了學長。

但說穿了，夏佑語之所以會這麼做，只是不想要讓自己在這段感情中看起來是輸的，她是輸了沒錯，可是她不想要讓大家知道她是被甩的那一方，這樣多丟臉啊？所以她營造出是她甩了對方的錯覺在。

現在回想起這些，自己實在好幼稚，她真的好對不起呂欽皓。

兩人坐在咖啡廳中，點了些甜點，在等待餐點送上的時候，呂欽皓問：「妳說妳看到我跟別的女生在一起？」他的聲音有著訝異。

「嗯。」夏佑語點點頭。

「但是怎麼會只是跟別的女生走在一起就被妳誤會？妳在國中的時候也會跟男生走在一起，我就不會有所誤會啊！」

夏佑語搖頭，「不是，當然不只這些啊！我看到那女生摟著你的手，是因為我看到這麼親密的動作才會以為你交新女友了啊。」

她的話讓呂欽皓愣了愣，思索著自己在哪個時候被女生給摟住手了，可是想來想去，距今已經過了快兩年的時間，早就想不起來了，但可見就是因為是一件小事情，所以他的記憶並不清楚。

甚至在他的印象中，他根本就沒有被夏佑語以外的女生給摟過手啊！

「你真的沒印象嗎？」夏佑語問。

呂欽皓搖頭，態度堅決，「沒有。」他望著她，說：「我只喜歡妳一個人，所以從頭到尾我的眼中就只有妳一個人，別的女生我不會去注意……」

「好了，別再說這些讓人發麻的事情了，你不害羞，我都替你感到害羞了。」面對他的直率告白，夏佑語覺得有點害羞，眼睛都不敢直接注視對方了。

「幸好可以解開這些誤會。」呂欽皓說：「我們好像得找一天請你朋友跟蘇昱辰兩人吃飯，我們會和好也是因為有他們的關係。」

夏佑語點點頭，「好啊！或許改天來個雙人約會也可以，可以為生活創造多一點的趣味在。」

「雖然我不喜歡雙人約會，但若妳喜歡，我可以試著接受看看。」他對她微笑。

甜點在這時候送上，是一杯雙人聖代，見到這杯豪華的聖代，呂欽皓終於明白為什麼蘇昱辰會推薦這家的聖代了，因為這就是要增加情侶感情的一個甜點。

他深深佩服蘇昱辰，沒想到他做功課做這麼徹底。

「我還記得妳喜歡草莓，草莓就都給妳吃吧！」呂欽皓轉了轉聖代，將很多草莓的那一面轉向夏佑語。

「你還記得啊……」

「有關於妳的事情，我通通都記得。」他微微一笑，那眼神就像是在疼惜一個很重要東西的呵護眼神。

見到這眼神，夏佑語一陣感動，心裡湧出一陣暖意來，她能夠感到他對她的心意，就是那麼的喜歡。

她內心告訴自己，以後要對他好一點，別再任性、別再對他鬧脾氣，好好的愛他、珍惜他。

甜點用畢，兩人是手牽著手離開這家咖啡廳的，臉上滿是笑容。

咖啡廳角落的那一桌坐著一男一女，男的喝著咖啡，女的喝著果汁。

女生的目光從剛剛夏佑語與呂欽皓兩人進來的時候就一直偷偷的觀望著他們，見到他們幸福的離開這家咖啡店，她大大鬆了口氣。

「學長，我們的策略有成功吧？」邱曉蝶轉身問坐在對面的蘇昱辰，俏皮眨眼睛。

6.

蘇昱辰臉上那溫和的笑容已經不復存在，此時面無表情地喝著咖啡，才年紀輕輕的高中生就像大人一樣喝著咖啡，他蹙眉，臉色有點難看的說：「邱曉蝶，我配合著妳到現在，應該可以離開了吧？我還有作業要寫，沒時間陪妳在這浪費時間。」

「你可真冷漠，這是你好朋友的感情欸！」邱曉蝶嘆氣。

兩人並不是男女朋友的關係，僅僅只是學長學妹的關係而已，從剛剛到現在都是在演戲。

確實，邱曉蝶一開始在看到蘇昱辰彈鋼琴的時候真的覺得這位學長很有氣質而欣賞著，可是在認識他之後，就覺得這人根本雙面人，表現上對朋友客客氣氣的溫和，實際上卻是個冷血的人，任何的事情都事不關己的不想參與，說穿了就是不想沾惹上任何的麻煩。

「現在妳看到結果啦？」蘇昱辰說：「滿意了吧？」

「是是是，學長，你人真好，真不好意思占用了你的寶貴時間。」邱曉蝶咬牙切齒的看著他，心不甘情不願的說出這段話，說完送他一個白眼。

當初邱曉蝶與一些朋友在玩真心話大冒險，她選了大冒險，冒險的內容是路上抓一位男生來告白，她當下不小心抓了呂欽皓，呂欽皓被她的出現嚇到腦中空白，事後她連忙對他道歉，說她只是跟朋友玩遊戲，並請他別放在心上。

可是她沒有想到這畫面卻讓夏佑語撞見了，而且徹底誤會了，當某天看到夏佑語手機上與她男友的合照，並且聽到她口中訴說的那些難過事情，她才知道當時那位男生是她男友，也意識到這件事情的始作俑者是她。

當時她曾經跟夏佑語提到說這件事應該是個誤會，可是夏佑語聽不進去，甚至還叫她別替呂欽皓說話了，否則她就要生氣了。

逼不得已，邱曉蝶只好找上與呂欽皓同班的蘇昱辰，一開始見到蘇昱辰，他與她說話客客氣氣的，聲音溫和，看起來一副想要幫忙卻又有點勉強的樣子，見狀，邱曉蝶心中為難，不想再勉強他，直到某天在垃圾場聽到他罵了聲髒話，她才大開眼界。

真是沒有想到大家愛慕的那位鋼琴王子蘇昱辰有

著雙重人格，蘇昱辰用腳踹了踹垃圾袋，聽到身後的聲音，轉身見到是邱曉蝶人，他裝作若無其事的模樣，卻被邱曉蝶當場拆穿。

「原來學長你會罵髒話啊？」她像是發現新大陸一樣的驚奇表情。

她的出現讓蘇昱辰愣住，直接否認，「妳聽錯了，我怎麼可能罵髒話？」

「我還看到你踹垃圾欸！」

「……」蘇昱辰撥了撥秀髮，眼神變冷，「妳這學妹想怎樣？」

邱曉蝶瞠眼，下一秒哈哈大笑，「噗哈哈哈哈！沒想到原來你是這樣的人，我快笑死。」

蘇昱辰額頭上的青筋跳了幾下，直接回：「是這樣的人又怎樣？關妳屁事啊？」既然已經被她發現他的真面目，那他也不需要再假裝了，每次見到人都需要戴上假面具，也讓他覺得疲累，甚至是膩了。

沒想到這樣的態度卻讓邱曉蝶眼睛發亮，她不禁拍手叫好，「我替你鼓掌啊學長。」

「……」他無言，「不需要，謝謝。」

「那要不要把你這真面目告訴其他人啊？」

蘇昱辰瞇起眼睛，「……妳在威脅我？」

邱曉蝶收起笑容，正色，「你只要幫忙我朋友那件事情，我就不告訴他人，我向你保證。」

蘇昱辰咬牙，心中不情願，但最後只好妥協。

於是就有了這封假情書的產生，她還囑咐他到時如果在教室外面見到了夏佑語說要找他，可不要真的聽話的出去，而是要叫呂欽皓出去，並且確定那封情書真的交到呂欽皓的手中。

另外也要與邱曉蝶她假裝是男女朋友，期限就到夏佑語跟呂欽皓和好的那天，若日後他們問起，可以說他們因為價值觀不同而分手了。

蘇昱辰雖然不想做這些事情，但因為有了把柄，只好允諾她，反正他的人生都是在演戲，演演戲對他來說是小意思。

時間拉回到咖啡廳，他的手托著下巴，看著邱曉蝶從剛剛到現在就不停的在自拍，拍完後她看著他，「學長，你人怎麼還在這裡？不是說待在這裡是浪費時間的一件事情嗎？我還以為你已經走了呢！」

她還真趕他走啊？

蘇昱辰聽了蹙眉，不知道為什麼有點不滿，她要他走，他就偏偏不如她所願，他的雙手交錯在胸前，他冷漠的說：「我又突然改變主意了。」

邱曉蝶用奇怪的表情看著他，要不是知道他有雙重人格，否則她實在不理解他的詭異行為。

平常在學校的時候，到哪兒都會有女生上前與他搭話，就是為了想要認識他，他一開始也以為邱曉蝶是這樣的人，也猜到她用幫助朋友的名義來接近他，但怎麼事情的發展跟他想像的不同？

在朋友面前演完戲後，她就真的不搭理他了啊？

蘇昱辰瞇起眼睛，一臉不解的看著邱曉蝶，邱曉蝶從剛剛到現在就一直當著低頭族，根本就不怎麼搭理他，看著手機上的訊息，她開心地叫了一聲，「哈哈，夏佑語說他們要去往附近的美景點逛逛，太好了，我覺得我做了一件好事呢。」

「嗯。」蘇昱辰回應，不感興趣。

邱曉蝶將目光放到他身上，「學長，其實你真的可以走了，不用留在這陪我沒關係啦！」

「誰陪妳了？少往自己臉上貼金了。」蘇昱辰瞪他一眼，將桌上最後一口咖啡給飲盡，隨即起身往店門口離去，就這樣頭也不回的。

邱曉蝶看著他的背影，目光再度看著手機中，她看著手機中剛剛拍的那些照片，那些旁人以為是自拍照的照片，其實全部都是蘇昱辰的照片。

她嘴角的微笑有些哀傷，很開心自己的好朋友找回了幸福，但自己呢？自己的幸福就只有今天這短短的幾個小時吧！

她想，這是她人生中最靠近蘇昱辰的時間了。

若真的拿情書給他，他會答應嗎？

[完]

烏黑的髮

文：安塔 Anta

1.

那天，我在聽，聽到她這樣說……。

我想也奇怪，她明明都很喜歡跟我聊那些話題的，怎麼這段疫情時間沒見面之後，這次跟她約，她就像變了個人似的？難道是因為我的遲到引來她的不滿嗎？

不過就算是這樣，那我也就認了，卻還是令人感到一股詭異的氛圍，這樣的氛圍為什麼會說是詭異的呢？

我想也可以這麼說吧！當時的我還想著，眼前的這個人，她在嗎？感覺到她的人是在，但是靈魂像是不在。疫情的這段時間以來，也不過就是接近半年的時間，難道對一個人來說影響有這麼大嗎？

就在我幾乎想不到還有什麼話題可以跟她聊的時候，腦子忽然來了一個絕妙的話題。

「妳跟妳男朋友最近怎麼樣？」我說。

她竟然一下間像靈魂終於被拉回來似的。「我沒跟妳說我跟他分手了嗎？」

一時之間，啊！好像可以明白了什麼，難怪她會這樣啊！那她這陣子肯定不好受了吧。

而此刻的我該怎麼繼續延續這個話題好呢？也許她並不想談這件事？所以前面的反應是如此地冷淡，我怎麼沒想到會是這樣的原因呢……。

……………………

「我跟他分了，我沒有跟妳說過嗎？」當欣美此話一出，我一點也沒有感到驚訝。欣美的頭髮變長了，之前本來是剪到肩膀上的，現在長到超過肩膀了。

第一次與欣美見面的時候，就特別注意到她的頭髮，她的頭髮特別黑，感覺髮絲也特別粗，因為看上去頭髮很多也很厚，尤其是當站在欣美後面，更是像戴著不知道幾公斤重的東西似的，厚厚的一大塊，讓人想幫欣美剪掉這塊沉重的負擔。在遇到欣美之前，我曾以為這世界上再也沒幾個東方人會像我的頭髮這樣了。

從小大到大，去剪頭髮時常常聽到的就是「妹妹，妳看，這些都是剛剛幫妳剪下來的。」他們的語氣通常讓我覺得有些誇張，剛開始還想說可是他們想要表達自己有很認真的為我剪頭髮，直到再長大一些，對這些話也習以為常了。

「嗯，多久的事？」我很淡定，總覺得毫無意外，之前在公司就聽過欣美跟她男朋友吵吵鬧鬧的，像是因為欣美加班關係讓林立銘等太久吵架等等的，或者是說欣美去健身房是浪費錢，似乎欣美做的每件事都讓林立銘不順眼，那時我就覺得這段感情挺辛苦的，當然，也能感受到欣美的不快樂。

現在這樣的情況對欣美來說，我想，也許是一件好事吧。事實上欣美看上去比我更淡定：「大概四個多月了吧。」欣美臉上有一些雀斑，眼睛周圍的黑眼圈看起來就像被工作事務煩過的樣子。

林立銘是欣美的第一任男友，欣美一臉受夠他的表情，就像是只記得所有與他發生的不美好的事，可怕的猛然浮現，那些令人毫無希望的互動，最好儘早終止，我想欣美在心裡是這麼想的。

在欣美分手的那一刻，欣美會傷心嗎？或者他會傷心嗎？我在欣美的眼神中似乎看不見任何的傷心。這樣算是一個尷尬的分手嗎？我不知道，雖然我與梁泰過去也曾發生過吵吵鬧鬧的時候，倒是沒有真正的分開。

⋯⋯⋯⋯⋯⋯⋯⋯⋯⋯

假日的早餐店客人總會多一些，看著店員拿來的蛋餅與奶茶，他們把我點的飲料搞混了，其實我點的是豆漿，我上前告訴他們，很快的，他們會馬上為我換上一杯新豆漿，然後通常他們都很誠懇會說一聲不好意思。我不怪他們，我知道忙碌的時候總會這樣的，人總是有犯錯的時候，而我自己也不例外。

這間店是欣美找的早餐店，當欣美點的食物來的時候，看到欣美滿足的笑容，眼角開心的樣子，似乎不像是剛分手，比較像有了新的對象。

天氣來到了冬天，早晨總會讓人多想在多待在被子裡一秒，儘管我們是這樣希望的，可畢竟我和欣美已經出社會了，可就不能再像學生那樣，大學裡早八的課有些人總會缺席。

從小，我很佩服我的爸媽，或者是說某些工作的人，他們的勤勞，他們勤勞的樣子，從不埋怨的樣子，我只是以為他們從不埋怨，也以為他們是自由與快樂的，一直到現在，也許能夠漸漸的體會到我從小佩服的那些人是怎麼一回事了。

「工作還是一樣嗎？」我問欣美，欣美工作長期都不太順利。

「嗯，工作量一樣很大。」欣美雖然吃著自己喜歡的時候，講到工作時，臉一如往常會瞬間垮下來，很明顯是不快樂的。

「現在也是要加班嗎？」過去欣美曾跟我說過她有時會加班。

「都差不多，有時候會準時，有時候就要到六七點那邊。」欣美無奈的說。

我沒有說話，停頓下來，我不是不想說話，而是我不知道該說些什麼才好，也許這時候最好的就是，安靜的聽欣美說，其實我經常這樣的。

我們相處的模式經常這樣，可能有些時候不能夠真正的去改變某件事，所以要做的就是好好的等待，而我在做的是好好的聆聽，當一個好的聆聽者，這樣的陪伴我總覺得是很幸福的，那樣的感覺會像自己不是孤單一個人在承受的。

「覺得以前那份工作雖然主管跟同事不好相處，但至少工作量不會這麼大。」欣美慢慢說著。我也不知道該說什麼才好。

「在這裡跟主管或同事會聊天嗎？」不過我還是有疑問。

「跟他們是還可以啦！問題就是工作量，一人要身兼多職，沒什麼休息時間，而且還要接客人來催帳的電話，很煩。」欣美說。

「妳會不會覺得該讓自己冷靜一下。」我把嘴巴的東西吞進去後這麼說。

「嗯？」欣美看上去一臉疑惑。

「我是想說，我們也都知道我們這輩子工作一定是要到六十幾歲吧，雖然也有可能提早或是晚點。」

「我是想到，這一輩子我們都不知道自己將會遇到什麼事，也只有在當下好好的面對，每一件事，才能真正的知道自己要做什麼吧。」

「現在的工作一定有我們不喜歡的地方，但我們又有什麼辦法，我想只能釐清自己的思緒了。」

2.

「什麼思緒？」欣美一臉沒聽懂。

我的工作經驗不算長，也就是在這個世界上還沒有活很久的意思。當然，我一直知道欣美在工作上的處境，她一直是不快樂的，面對這個社會帶給每個人的，無論是好事還是壞事，如果沒有足夠的力量去面對，很有可能就對生活沒有了動力。

「我想的是，我們可以選擇去找我們想做的事，前提之下，因為我們很清楚知道，未來的每一天，現實就是我們必須工作賺錢，這是一件不可不接受的事情。」

曾經想過生活是為了夢想還是為了生存，我思考著這件事，卻也沒思考出什麼。我也曾經有自己很想要做的事，卻都是不如自己的意思與想法，遇到的長輩會這樣說：「你應該先顧好你的肚子。」這種令人無奈的說詞，我聽到的當下是非常厭惡的。

這種厭惡到底是來自於哪裡，我想要尋找，尋找那個不安分的自己，卻還是輸給了在這世界上，活得比我多二十幾年的長輩。

「可能我們現在做的並不是我們喜歡的事，但並不代表我們現在做的事，會是一輩子的事啊！」這句話在我腦海裡反反覆覆，來回了不知道幾百次，原因並不是現在才在腦海裡反覆，早在工作這幾年裡，不斷讓這句話活在我的生活中，讓它說服我，自己像是個勇敢無畏的人，那樣看上去至少能像個有目標的人，就像是個還有夢想的人。

「每一件事都有他的優點或是缺點，我都會好好的珍惜優點，讓自己感到有所收穫，生活才離夢想更近一點。」

在我停頓說話的時候，沒見到欣美有一絲反應，跟以往的狀況不太一樣，我察覺欣美的狀態是一點興趣也沒有，她今天對於工作的話題一點興趣也沒有，她只是默默的吃默默的聽我講話。

然而，我也開始低頭吃我的食物，我們都沒有說話，各自安靜的吃著，這間早餐店我想是新開的，台灣的早餐好多，每間的格局幾乎都不太一樣。

……………………

「我有跟你說我交新男友嗎？」欣美害羞又含糊地說，不過這一句話我聽得很清楚。

我感到驚訝，我抬頭看著欣美，發現她笑的很甜。愛情的萌芽就像棉花糖一樣，似乎從頭到尾都是那麼的甜，從來，我們都渴望這個棉花糖永遠吃不完。

「啊？最近的事嗎？」

「對呀！在上一份工作認識的。」

「公司的同事嗎？」

「不是。」

「別的部門的同事。」

「也不是。」欣美搖頭，害羞地笑。

「他是郵差，送信來我們公司認識的。」欣美一直笑著，就像嘴裡吃的蛋餅其實是棉花糖。

我想到郵差？郵差？郵差？內心充滿了問號。郵差是大叔？會是大叔嗎？在路上看到送信的郵差，一般都是有年紀的長輩，無論從外表上的樣子，或者是在我住的地方會有像「掛號 35-6 號」低沉的聲音傳來，聽起來就像四十歲以上的阿伯。

「送信？送到你們公司？」我想到郵差送信的話，為什麼會跟員工有接觸，本來不都是郵差會送信到管理室嗎？或者是他們會自己放在信箱裡面，還要員工自己去外面收信，這還是第一次聽到呢。

「對呀！我們都要自己去收信。」

「這麼特別？你們沒有管理室還是信箱？」

「沒有呀！我們都是自己要去收信的。」

「所以都是你去收信喔？」

欣美點頭。

郵差。在我心中是一個很特別的行業。

有一部份是因為來自電影的關係，雖然對我們這個年代的人來說，幾乎沒有人在寫信了吧，大多都是用網路傳訊息，我總覺得可惜，紙跟筆是那麼有趣的，它們是真正有感情的，尤其是看著對方的字跡，一筆一劃寫下的樣子，那真是令人感動的一件事，彷彿對方是否重視你，看著字跡有時似乎也能察覺。

「我想應該是他主動的吧？」我猜一定是男方先主動。

「嗯。」欣美微笑。

「那他每次送信來的時候，你們都會聊天喔？」

「嗯。」欣美再次微笑，跟剛剛的表情真是天差地遠，烏黑的頭髮，把她的臉型輪廓變得清晰。我太久沒有看過戀愛中甜蜜的樣子了，尤其最近欣美因為工作關係，讓她皺眉的次數高了很多，也多了很多擔心害怕，還好現在的她變得開朗了。

當生活的一切都感覺糟透了的時候，還好幸福的另一端悄悄地上門了。若一切都能一直持續下去，應該好好珍惜把握當下。我看著欣美忽然變得有朝氣的樣子，真令人好奇她的新男友，我猜想是充滿書生感，可能是臉上寫著很會讀書的樣子？

「其實原本也沒有聊很多啦！是我快離職的時候，我有跟他說，我會做到這個禮拜，然後他就給了我一封信，上面有他的聯繫方式，我們才有聊比較多。」

「哇！這麼浪漫。果然是郵差，怎麼樣，郵差的文筆不錯吧。」我對欣美傻笑。

「哈哈。」欣美也笑了。

「那他是書生型的嗎？妳前男友我記得是廚師，聽你跟我講他的事，讓我覺得妳前男友是野蠻粗獷型的吧，他不是喜歡爬山，而且個性上也很野蠻。」我笑了笑，因為之前聽過欣美說他男友很大男人主義的關係，總覺得她前男友很固執。

欣美皺皺眉，似乎想到前男友就是一件非常不快樂的事。「可能吧！書生型？」

「就是感覺上很會讀書，很聰明的樣子。」我說。

欣美聳聳肩，搖著頭，笑了笑，低下頭，繼續吃著她的蛋餅。

「你們一定在熱戀期，在一起多久了呀？」我說。只要一聊到有關他的話題，欣美的眉眼就掩藏不住笑意。

「沒有很久呀，應該差不多兩個禮拜。」欣美笑得很開心。

「妳跟妳前男友剛分，就跟他在一起了嗎？」

「有隔一段時間啦！」

「他跟妳前男友，你覺得有差很多嗎？」

「差很多。」

「怎麼說？」

3.

欣美的臉幾乎垮了一半，前男友這三個字，就像是欣美的惡夢。有多少人想起前男友，會是甜蜜的？不知道，也許很多又或許不多，哪怕是多美好的分手，總會留著一點遺憾吧，這些遺憾可能來自不甘心，那個不願意服輸的自己，最難過的還是面對自己那一關，而為什麼自己不能夠灑脫的離開呢？

「以前那個脾氣很差，什麼都要以他為主。」欣美提到林立銘，似乎沒有什麼值得開心的事。為什麼兩個人從一開始的相愛到分開，結局會是這樣呢？與欣美認識以來，我從來沒聽過她與林立銘經歷什麼開心的事。

「現在這個呢？」我問欣美。

欣美只顧著傻笑，反應差異之大，欣美簡直變成了兩個人。

「現在這個很有耐心呀，就像我跟他講我工作上的事，他都會聽我說。」欣美說，眼神柔和。

「林立銘不會嗎？」我說。

「就像現在我不是點這些嗎？我跟他出去也都會多點，因為我都會很想吃，然後他就會在那邊一直唸，說吃不完就不要點那麼多。」欣美搖頭，看看她自己點的食物。欣美總共點了兩樣，一份蛋餅再加上炸湯圓。

我沒有說話，只是看著她。她的眼神裡有著憤怒與不滿。

「他就會說，你明明就吃不了那麼多，幹嘛要點那麼多，每次吃不完還要我吃，我就會跟他說，我又沒有要你吃。」欣美口氣聽得出來非常無奈。

「嗯。那你們現在還會聯繫嗎？」

「有時候他會傳訊息，就是傳一些他有興趣而我沒有興趣的事。」

「啊？」我不懂。

「反正就是一些無聊的事。」欣美說。

「所以他是想要挽回的意思嗎？」

「不知道。」欣美聳肩，看著正要走到櫃檯點餐的客人。店內的客人來來去去，五顏六色的衣服，整個空間多了些熱絡感，現在最開心的是這間店的老闆，他可以不必擔心店裡的生意不好，只要人流沒有停止。

「他叫什麼名字？郵差。」我問。

「康武弘。」欣美微笑，眼神從隔壁拉回來，看了我之後又吃了一顆炸湯圓。

周末，天有點陰，冷冷的空氣吹來，感受到的冷風，依然沒把甜蜜的愛情給吹散。與欣美分開之後，我們又各自離去，去感受這世界想帶給我們的是什麼。我們似乎從來就沒有選擇權，只要眼前與到了誰，又或者與到了什麼事，然後任命的拼命的去面對。

冷風吹進我的衣袖，街上的車和人還沒有那麼多，我想我清醒起來的時間還不算早，是不用上班工作的人們，不用再前往那有如一座冷冰冰的大門，工作的門，它可以使人快樂也可以使人感到孤獨，而現在，我感受到的，絕大部分的人，都被工作的惡勢力給綑綁了，那無法逃離的大門，把人們拴起來了。

與欣美分開後，我想我沒有辦法完全感同身受，對於欣美的處境，不過至少還有一些能夠理解的地方，人這一輩子，絕對會遇到的是就是親情、友情、愛情，無論是哪一個對我們來說最重要，每一個情裡，它包括的會有開心和難過，至於大部分我們記得最多的可能是難過，也許並不是因為開心的事發生的少，是我們的選擇，我們時常選擇了讓難過占據了自己絕大部分的空間。

那些難過的空間,時常不自覺地籠罩在我們身上,我們帶著它度過每一天，想起它時，是令人厭惡的，而往往是我們自己抓住了它，把它帶在身上，不斷的累積再累積，那如同幾百年來沒洗過身體一樣，那些污垢，像千百公斤重的灰塵，賴皮著黏在我們身上，似乎從來沒想放過我們。

而在某些特別的日子裡，又會讓我們惦記著誰。有時候那竟然會比做了一場惡夢還可怕，這是我跟欣美聊過天後有的想法。

「我回來了。」我像去了一趟旅行一樣，去看了別人的故事。開門後，就看見梁泰坐在沙發上。

「你知道嗎？你猜我們今天聊了什麼？」我說。我快速地脫下外套，將外套掛在門後的鉤子上，然後從門口走到沙發，坐在梁泰的旁邊。

「真的很神奇喔！難怪欣美一開始都沒什麼精神，這次我跟她聊到工作的事，她都沒有太大的反應，你覺得奇怪嗎？」我說。

「你知道她今天為什麼會對工作的事沒興趣嗎？」我說。我跟梁泰的互動一直都是這樣的，無論我丟了多少問號給他，他總是靜靜的微笑的看著我。我喜歡他這樣，我沒有一定要他回答我的意思，卻總是喜歡叫他猜，總是喜歡丟問題給他。

「嗯？妳說。」梁泰說，低沉的聲音一樣迷人，這也是我喜歡他的原因之一。

「你猜得到她今天跟我說了什麼嗎？你快猜，你快猜。還有她遇到了什麼人。」我說。

「他認識了一個郵差。」我說。我起身站在流理台前面。

「而且是現任男友喔。」我說。

只要面對著梁泰，我總覺得我像個小孩一樣。可以對著他天馬行空的說，而不論說什麼，沒有人會對我的話有所評論，只管讓我任意發揮，可能認識我的人總會覺得我的話不多，那也是因為，面對某些人你可以安心的透露自己的全部，那種毫無保留的安心感，是很珍貴的。

我跟梁泰從以前到現在都覺得郵差是一份浪漫的工作，他也曾跟我提起，他想要考試去當郵差，儘管現在寫信給愛慕的人不多，比較少會遇到送情書給對方的這種情節，但郵差至少是自由自在的，把一封信投遞在每個信箱裡，對我們來說，還是一件浪漫的事。

梁泰一臉好奇的看著我，我說到郵差，他就有了反應，他兩眼直視我，我知道他感到澎湃，只是無法用言語表達。他時常跟我說：「你看我這麼冷靜，其實我內心時常熱情如火。」他總是會這麼跟我說，那是因為，我曾跟他說，你怎麼一點反應也沒有的時候。

一直到現在我們有了默契，我會從他的一些表情變化，或是一些小小的動作，或是話語，知道他的內心如火。

「所以我後來才知道為什麼欣美的反應會這樣了，你知道嗎？我超久沒有看過那種表情了，那種戀愛的表情，只有真正在戀愛的人才會有的表情。」

4.

「累了。」欣美對著電話另一邊的武弘說。她一回家就直接走進去自己的房間，她爸媽在客廳看了一下欣美，她爸說回來啦，接著她媽也說快去吃飯，只見欣美短短的回了一句「喔。」連頭也沒轉過去看在客廳看電視的爸媽，快速走回自己的房間，右手拎著包包，左手拿著手機。

「你今天也弄到這麼晚了。」武弘的聲音很柔和，郵差的工作讓他能夠正常上下班，這是許多人的夢想。

「累死我了，超煩的。」欣美她打開房間門，將右手的包包扔到床邊，走到窗邊的椅子上坐下，兩腳伸起，彎起雙腳，腳底也坐了在椅子上，下巴靠在膝蓋，一隻手抱著腳，另一隻手則拿著手機。

「你吃飯了？」武弘心想欣美一定還沒吃晚飯，想要她趕緊去吃飯，但也想聽欣美的聲音。

「等等去吃，你吃了？」欣美把頭抬起，感覺自己的肚子一點也不餓。

「我早就吃過了呀，一下班就跑去吃了。」武弘看上去不算胖，身形適中，不過會讓人有過瘦的想法，但實際上他算是標準身材，雖然不胖，他的食量也滿大的，所以欣美每次跟他出門吃飯，吃不下的給他，他照單全收是沒問題的。

「我也想早點吃晚餐，每次那麼晚吃，我都覺得我一直變胖。今天主管又在我快下班的時候找事情給我做了，不知道這個工作自己可以做多久，還有很多熟悉的。」欣美把雙腳放下，坐在椅子上，靠著椅背，頭也靠在牆壁上，眼神放鬆的樣子，與黑眼圈在糾結著。

「慢慢來吧。如果真的那麼討厭的話就離開呀。」聽到武弘這麼一說，欣美笑了，她笑著，因為有人理解她，她笑，因為有人會聽她說話，聽她的煩，她的憂，能夠陪伴彼此說說笑笑，永遠是最美的港灣。

……………………

自從知道欣美的男朋友是郵差，一直讓我感到好奇，郵差的生活會是怎麼樣的，比如說他們工作的時候在做哪些事，或者是說，他們的工作並沒有想像中那麼浪漫。可能是現在的人早已不流行寫信這件事了，對我來說，真的覺得太可惜了，郵差不再會替人送情書，現在送得多的可能也只是一些廣告紙、繳費單等等的，這些真的普通極了。

想起小時候，每當有郵差來送信時，我跟我姐兩人便會興奮的跑的窗戶邊偷看，那個人是誰，但由於窗戶的位置總是只能看見一片綠綠的衣服，那時候，不知道這個人是誰，也不知道他為什麼常常拿那些紙給我們，這麼常來我家，為什麼我們都不認識他，也不跟他說說話呢。

而他為什麼又要穿綠色的衣服，在我的印象裡，他是那麼神祕的，也是讓人害怕的，我想著，他會不會突然衝進我家，他會不會是壞人，還是我誤會他了，其實他是一個好人。

我知道在那個年紀裡，根本沒辦法分別好人與壞人，但對於好人的定義是，眼前的這個人他會拿好吃的東西給我吃，一定是好人，如果眼前的這個人講話很兇，表情很兇，那他一定是一個壞人。小孩分別好人與壞人的定義，那麼純粹，是那麼直白，沒有一絲絲的想法，會想到說也許他有什麼苦衷，所以他才變成這樣的，他不是真的壞，他是因為必須怎麼樣怎麼樣，所以才怎麼樣怎麼樣的。

……………………

今年年底就快結束了，周末，我跟欣美約好，我們彼此認識一下，也把另一半帶上。我們又是約在早餐店，這次也是欣美找的早餐店，台灣的早餐店真的一間比一間有趣，雖然感覺上每一間的餐點好像沒有差很多，不過外面的裝潢或是裡面的裝潢，都不太一樣，看上去都很新，近幾年的新式早餐店，環境與氛圍上都讓人有新鮮感。

這間咖啡色的牆壁與地板，很和諧，這些店面與傳統店面的差異感相差甚大，也不曉得是因為以前的人審美觀不到那麼注重，還是怎麼一回事，總覺得現在的店面布置漂亮許多，或者只是一種新鮮感而已，也可能現在的歷史老店，在以前也是讓人有新鮮感的吧。

我跟梁泰準時到了，還沒看見欣美跟他男朋友的身影，也許他們正在停車，準備走路過來了。在台灣市區，停車真是一件麻煩事，有些店面只要有紅線的地方，就不太好停車，而為了不想被警察開單，找到停車格是最安全的，不然就是在紅線以內，可以真正的確保不會被開單。

早晨九點，周末吃早餐，就是一個輕鬆的節奏。從小，在我們家早就養成了這一個習慣，吃早餐的習慣，也漸漸變成我愛吃早餐的習慣，只要是沒有吃早餐，我就很不喜歡，最常點的是蛋餅、吐司等等的，這兩種幾乎是最常吃的了，說不上來特別在哪，只覺得這麼簡單的食物，對我來說，可以吃到就是一種幸福。

大約九點十分左右，看見欣美與她男友出現在店門口，看到欣美的男友穿著一件綠色的外套，我想真有趣，他真正像個郵差，平時也穿著跟郵差有關的顏色，我在想，他一定很享受當郵差的工作吧，郵差給我跟梁泰的感覺就是一份自由的工作呢。

他們走過來，坐在我跟梁泰對面，我喜歡剛與一個人認識的時候，我會猜測他是怎麼樣的人，當他與我所想像的不同時，會讓我充滿疑惑，也會覺得真有趣，這也會造成我開心的原因，好像在尋找什麼東西似的，當我期待找到的會是什麼，但卻與我所想到的是不一樣的，我並不會感到失望的，那是一件更特別的事情了。

我們同時打了招呼「嗨。」分別順序是我、梁泰、欣美、武弘，武弘戴著眼鏡，看上去就覺得話不多的一個人。首先，我們各自先點餐，我跟梁泰很快的就點好了，然後欣美還在猶豫不決，我知道欣美為什麼會看菜單看那麼久，不意外的也聽到她說：「都好想吃喔。」那真是一臉貪吃的表情，隔壁的武弘笑了笑，武弘是一臉覺得欣美可愛的表情，他們看上去就像是剛在一起的情侶，還不到很熟悉彼此，這段距離也是一種很美的距離，對彼此還不夠熟悉的時候，似乎會常常覺得對方是可愛的。

5.

「我叫梁泰。」梁泰與坐在他前面的武弘打招呼，武弘雖然戴著口罩，還是看得見在他眼鏡後面的雙眼在微笑示意。

我和欣美也笑了笑，欣美臉上的黑眼圈，依然在她的雙眼皮底下，似乎沒有一絲絲淡去的可能，只能任由它放肆的在欣美的眼皮底下無理取鬧，從來沒有聽過有人會喜歡黑眼圈，可能這樣的顏色放在臉上，看起來是沒有那麼好看的，或者這只是一般人的審美觀，而這樣的審美觀通常是沒有科學根據的。

「聽說你是郵差？」梁泰微笑看著武弘。

「嗯。」武弘又笑了，然後點點頭。我總覺得武弘很安靜。

「我們都覺得郵差是一件很浪漫的工作。」梁泰微微將頭轉向我這邊之後，再回去看著武弘笑著說。武弘又笑了。

「完全不浪漫。」武弘搖著頭苦笑著。我們都笑了。當我們第一次認識對方的時候，我們會不知道對方會有什麼反應，這種無法透析的感覺，是最迷人的也是讓人能夠最印象深刻的。我對很多人的第一印象都覺得像是發現了什麼寶藏一樣，那種狀況是不用管對方有什麼優點或缺點的，因為我們都還不夠認識對方，根本不會知道對方有哪邊是自己會討厭的地方。

「他電影看多了，都常常看一些郵差給人送情書的故事。」我笑著說，其實不只是梁泰喜歡這一類的電影，我也很喜歡，但我總不好意思說自己，就喜歡拿梁泰來開玩笑。

「其實你們的工作都在做什麼？」梁泰問。

「送信呀！」武弘說。我跟梁泰還有欣美笑著。

「那你們最遠會送到哪裡？」梁泰很好奇。

「山上。」武弘淡淡地說。這時欣美忽然問武弘有沒有衛生紙，然後武弘很快的起身去找衛生紙。

「他喉嚨痛，所以不能說太多話。」欣美對著我們說。

「哇！跑山上那一定很棒，趁著上班時間還能到山上玩呀！感覺就很不錯。」梁泰自己開心的這麼說著。我知道梁泰的心中一直對郵差這個工作感到很喜歡，他總覺得，郵差的工作可以到處去，而且只要把自己的信送完就好了，事情這麼簡單，有誰會不喜歡呢。

「有時候信很多，送不完就麻煩了。」武弘說完後，梁泰一臉震驚，那樣看上去就像是在說，怎麼會這樣，一臉美夢瞬間被打碎，從高處墜落到谷底，現實中最殘忍的就是發現自己所打造出來的美夢都是假的。

「如果信送不完的話，回去是會被唸的。雖然不是很常送不完，但是一個月都會有幾天信很多的時候，那種時候就會讓人感覺很緊張，就會比較累了。」武弘說。

梁泰沒有說話，我知道梁泰想說的是，你怎麼這麼快就把我的美夢打碎了。「你把他的美夢打碎了。」我說。梁泰一臉呆呆的看著我，傻笑著。武弘跟欣美也笑了。

「也有有趣的時候啦！我有時候去送信也會去玩別人的貓，或者是說，跟他們聊天，他們看到我也會聊天呀！有奶奶看到我也會跟我說，少年仔！你又來了喔！（台語）」

「我還有遇到一個很特別的人，他是退伍軍人，每次看到我就會舉起手跟我行禮，而且他都超嚴肅的，一開始我看到他都覺得超害怕的，誰知道後來跟他聊天，才知道他根本就超親切的，有時候還會突然笑得很大聲，我完全嚇一跳，因為真的差太多了。」

「還有一位奶奶他行動不方便，又有點重聽，他都會把鑰匙藏在門外面的櫃子裡，我去的時候就會拿鑰匙開門，然後通常我就會大聲的跟她說：『阿嬤，我幫你把信放在這裡。(台語)』然後我都會想不知道是誰寫信給阿嬤，因為阿嬤眼睛感覺也不太好，但我看那些信，也不像是廣告信，可能是他家人的吧！」

剛剛才聽到欣美說武弘喉嚨痛，沒辦法說太多話，我看見眼前的武弘滔滔不絕的一直說，然後又會想到武弘的喉嚨沒事吧？我想武弘的喉嚨真的會痛嗎？因為他變成我們四個人裡面話最多的一個。

聽得出來他還是覺得這份工作是有趣的。

「還會有時間跟對方聊天喔？」我說。

「就是信沒有那麼多的時候啦。」武弘說。

梁泰的臉又看見希望的樣子。「那你可以準備考試了。」我對著梁泰說，梁泰也一直笑著。

「我有聽過偏鄉的地方，郵差好像都很閒的？」梁泰不知道去哪邊知道的消息，他也還沒有跟我說過這件事。

「對呀！」武弘很堅定而且確定的口氣，似乎沒有任何的疑慮。

「你又給他新的希望了。」我說。梁泰笑得很開心。欣美則是一直坐在武弘旁邊笑著。

「是不是離島跟東部那邊的郵局信都很少？」梁泰說。

「他們都超爽的阿！我還知道東部那裡的前輩會在上班時間去釣魚呢，因為太閒了，又沒什麼人會住在那些偏鄉的地方。」武弘說。

「這麼爽，應該也很多人想被調過去吧？」梁泰說。

「那也不一定，也是要看自己的年資，要看年資有沒有資格可以被調過去呀！」武弘說。

「你還是乖乖在市區裡工作吧。」我說。

「之前他都想著走路送信。」我說。武弘跟欣美的表情很多問號。

「他就想要從平地走到山上，然後再從山上走到平地，這樣翻過一座山幫人送信呀。」我說。武弘跟欣美笑著。

「這是很酷的一件事欸。被你說得普通了。」梁泰說。

……………………

出社會之後的人類在探討的，已經不再是考試的成績了，有些人還是在意工作上的表現，而有些人僅僅只是想在工作上偷懶在偷懶，能找到一份簡單可以偷懶的工作似乎是最幸福的了。

對於生存法則，我們無法選擇逃避，這是一件非常現實的存在，我們僅僅只能夠被框架著，因為生存的關係，我們被迫面對很多的無奈，然而更多的是做了很多自己不願意做的事，怎麼從中去取得平衡呢，這真是一件令人頭疼的事，對有些人來說也許輕鬆，但對有些人來說，就不一定了。

6.

今天我也是比欣美早到了，至從上次跟欣美見面已經有三個月了吧，這段時間我們幾乎沒有什麼聯繫，我也不確定欣美現在是否還有在上一份工作中。時間來來去去的，我們被時間追著走的同時，是在追著什麼呢？我們是否會忘記了自己，忘記了自己是誰？如果忘記了自己是誰，那怎麼會知道自己應該要往哪裡去。

在巷子裡的房子是一個神祕的象徵，小小的巷子像迷宮一樣，我喜歡這樣，原因是因為巷子裡的車子少，而且安靜，有時候安靜的時候更能察覺到某些有趣的事物。我停好機車後，走到咖啡店門口，嗯，它看起來白白的，外觀白白的，很透徹，很像是在說如果你進入了這裡，你就必須把你的祕密全部說出來，你要變得明亮，變得透明，沒有任何祕密的。只不過，誰希望自己的祕密被知道呢？那怎麼能叫做祕密。

當我剛在看著這棟白色的建築物，我接到欣美的電話。

「我先停車，你先進去吧。」所以我就先走進去這棟白白的咖啡店了。

一開門，也是白白的，一樓櫃台處有兩位男人，濃濃的咖啡香氣從鼻頭傳來。「這是菜單，你可以先找位置再來點餐。」高高的男人這樣告訴我。

我在二樓沒多久，欣美也走上來，二樓只剩下一邊有位置，所以我們就在靠樓梯間坐了下來。二樓也是白白的，看見陽台的位置有人正在拍照，這裡應該是很多人想來拍照打卡的地方，環境完全散發著一股年輕的氣息，似乎不太適合上了年紀的人來這裡，眼看店裡的客人，我想平均年齡也不會超過三十歲吧。

「我想點一個吃的跟喝的。你剛有吃東西嗎？」欣美找的店，她自己就會有很多想吃的，所以點的時候，也常常猶豫要點些什麼。

「有耶！其實我剛剛吃了麵包滿飽的，但我也有點想再點個吃的。」我剛剛在家裡竟然吃了麵包，可能是太餓了，有些後悔。

「妳可以看你要不要吃布丁？」欣美說。

「感覺可以試試看。」我也順手點了一個。

「我看評價這個應該不錯，感覺滿好吃的。」欣美說。

我先下樓去點餐，後來換欣美。「我昨天都沒睡好欸。」欣美回到位置後就跟我這麼說，之前我就有聽過欣美有失眠的問題了。我也曾經失眠過，所以我懂那種睡不著的痛苦，我的失眠雖然沒有欣美的次數那麼多，但有個幾次，就夠令人難忘的了。

「昨天你是在你男友家嗎？」我問。

「沒有，他回他家了，我昨天在我家。」欣美說。

「你大概幾點睡？」

「兩三點那邊吧，只是覺得幾乎沒什麼睡，好像有睡又好像沒睡著。」從欣美的氣色確實看得出來。

「你在妳男友那邊會這樣嗎？」這是我們的餐點也來了。

「我在他那邊睡，反而不會耶。」欣美看著桌上的餐點說。

「這個布丁真的不錯，好可愛喔！」我看著我點的布丁，然後再看到咖啡，我想到，我很像又點錯了，總覺得布丁跟咖啡一點也不搭，想到他們同時進到我的胃裡，忽然覺得有點噁心的感覺。

「妳睡覺之前會一直看手機嗎？睡覺之前一直看手機的話，好像會影響睡眠。」我說。我看著欣美咬著手中的蘋果派。

「嗯，會。」欣美有點皺眉。

「不然妳之後試試睡前一小時先不要看著手機螢幕吧。」我說。我印象中有看過一些資訊，螢幕的亮度會影響到眼睛，靈魂之窗真是要好好保護才行。

……………………

「你最近工作的狀況怎麼樣？」我說。

「我離職了，我現在在做祕書。」欣美今天看起來精神沒有很好。有時候好像從眼神就能看出一個人是不是有心事，我認識欣美這段時間以來，只要聊到工作幾乎都不會是好事。

「嗯，這樣應該還沒滿三個月？」我說。欣美不太會把自己的現況講出來，大概每一次都是我主動問欣美的，然後她才會慢慢講出來。

「對呀……現在也還沒有滿兩個月……。」

「嗯，祕書的工作都要做什麼？會很忙嗎？」

「忙的時候忙，閒的時候閒。我主要是要幫主管安排行程，就是有行程的時候，就要跟他說，只是……。」欣美講得很慢很慢，好像有很多猶豫。

「嗯？」我看著欣美停頓的臉。

「這個主管啊……我都不太知道怎麼跟他溝通，就是……像有一次，他基本上滿長時間都會待在外面參加活動，那時候他打電話過來罵我，就說我把地址寫錯了，害他跑錯地方，口氣超差的。那個行程他會跑錯，也是跟我聯絡的那個人沒有跟我說要改地址，所以我也不知道啊……。」欣美一口氣講了很多。

「你主管很難相處嗎？跟公司其他人相處的好嗎？」我說。

「很差，他跟所有人幾乎都不好，他那種個性，我想也沒有人想跟他好吧。」欣美表情不悅地說。

「這樣你還會想繼續做嗎？」我說。

「目前只能先繼續做了，我是想要一邊工作一邊考試，想說考政府的職缺。」欣美說。

「嗯。」我拿起手上的咖啡喝了兩口。

「你主管平常口氣都很差嗎？」我說。

「也是要看情況啦！」欣美說完後也拿起咖啡。

「如果他覺得你用錯東西了，口氣很差的當下，你先不要理他，等過一段時間之後，再來跟他說事情的經過，讓他知道也不是你這邊用錯的，要不要試試看？也許他只是一時生氣吧！我是想到，他那時候可能也滿趕的，這個活動也許在工作上來說對他是重要的，而且我也覺得有年紀的阿伯，更容易發脾氣耶！」我說。欣美一邊喝著咖啡一邊聽著。

「我也是想到，像有些人本身就是比較不客氣，脾氣也是沒那麼好，我就會當成反正他講話不好聽啊，或是脾氣不好啊，對他們來說，是正常的反應，如果他今天突然很好相處，那才奇怪呢！這些人就是不好相處啊！我通常會這麼想的時候，反而有時候會看見他們可愛的一面呢！因為我已經不去跟他們計較他們的樣子了，而是去接受對方醜陋的一面，每個人都有醜陋的一面呀，我也是有的。」我說，看著欣美終於笑了。

我想，誰會喜歡自己醜陋的一面呢。有時候不只是對方不喜歡，說不定連本人都討厭著自己呢。我跟欣美各自離開之後，想起生活上會遇到很多人，肯定也會有不喜歡對方的時候，往往是因為我們不接受對方的樣子，如果我們選擇接納了，可能結果跟心情就能不一樣了。

[完]

國家圖書館出版品預行編目資料

流星之心／六色羽、倪小恩、安塔 Anta　合著—初版—
臺中市：天空數位圖書　2022.06
面：14.8*21 公分
ISBN：978-626-7161-03-6（平裝）
863.57　　　　　　　　　　111010035

書　　名：流星之心
發 行 人：蔡輝振
出 版 者：天空數位圖書有限公司
作　　者：六色羽、倪小恩、安塔 Anta
編　　審：亦臻有限公司
製作公司：小馬工作室有限公司
美工設計：設計組
版面編輯：採編組
出版日期：2022 年 6 月（初版）
銀行名稱：合作金庫銀行南台中分行
銀行帳戶：天空數位圖書有限公司
銀行帳號：006—1070717811498
郵政帳戶：天空數位圖書有限公司
劃撥帳號：22670142
定　　價：新台幣 270 元整
電子書發明專利第　I　306564　號
※如有缺頁、破損等請寄回更換

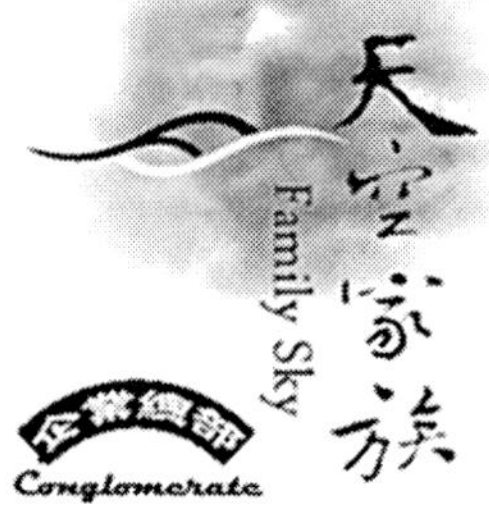

服務項目：個人著作、學位論文、學報期刊等出版印刷及DVD製作
影片拍攝、網站建置與代管、系統資料庫設計、個人企業形象包裝與行銷
影音教學與技能檢定系統建置、多媒體設計、電子書製作及客製化等
TEL　：(04)22623893
FAX　：(04)22623863　　MOB：0900602919
E-mail：familysky@familysky.com.tw
Https　://www.familysky.com.tw/
地　址：台中市南區忠明南路 787 號 30 樓國王大樓
No.787-30, Zhongming S. Rd., South District, Taichung City 402, Taiwan (R.O.C.)